中外名家随笔精华

通往幸福之路

[英]罗素 著　吴铭 译

长江出版传媒｜长江文艺出版社

图书在版编目（CIP）数据

通往幸福之路 / （英）罗素著；吴铭译. -- 武汉 ：
长江文艺出版社， 2016.6（2021.10 重印）
（中外名家随笔精华）
ISBN 978-7-5354-8766-7

Ⅰ. ①通… Ⅱ. ①罗… ②吴… Ⅲ. ①随笔－作品集
－英国－现代 Ⅳ. ①I561.65

中国版本图书馆 CIP 数据核字(2016)第 093072 号

责任编辑：高亳林　　责任校对：毛　娟
封面设计：徐慧芳　　责任印制：邱　莉　胡丽平

出版：长江出版传媒　长江文艺出版社
地址：武汉市雄楚大街 268 号　　邮编：430070
发行：长江文艺出版社
电话：027—87679360
http://www.cjlap.com
印刷：三河市百盛印装有限公司

开本：640 毫米×970 毫米　1/16　印张：13.25
版次：2016 年 6 月第 1 版　2021 年 10 月第 3 次印刷
字数：159 千字

定价：43.00 元

中外名家随笔精华

通往幸福之路

目　录

第一篇　什么是快乐的人生

第二篇　我们为什么不快乐

第三篇　怎样拥有快乐人生

第一篇　什么是快乐的人生

快乐的生活

很多人以为，如果没有一种多少带有宗教成分的信仰，那么幸福是不可能的。也有许多人以为，他们不幸福，是因为他们的忧伤有着错综复杂和高度理智的根源。我可不相信这些是幸福或者不幸福的真正根源，我想它们仅仅是现象而已。一个不快乐的人通常会采用不快乐的信仰，而一个快乐的人会采用快乐的信仰，两者都将其幸福或不幸福归之于各自的信仰，而真正的因果关系却截然相反。

对绝大多数人来说，某些东西是不可或缺的，但这些东西也很简单：衣食住行、健康、爱情、成功的工作和来自同伴的尊敬。对某些人来说，为人父母也是很必需的。在不付出某些努力就获得了它们，而他依旧感到不幸福时，那他必有某种心理上的失调，如果这种失调非常严重，他就应该去精神病医生那儿治疗，但在一般情况下，只要他把事情安排恰当，那么病人自己也可以医好这种失调。

只要外界环境不是绝对地多灾多难，一个人应该能够获得幸福，只要他的热情和兴趣向外而不是向内发展。因此在教育和我们适应世界方面，我们都应极力避免自私自利的情欲，尽量获得那些能阻遏我们的思想永远专注我们自身的情爱和兴趣。

大多数人在监狱里是不会感到幸福的，这是他们的天性，而将我们锁闭在自身内的情欲则构成了一所最糟糕的监狱。在这类情欲中，最常见的有：恐惧、妒忌、犯罪感、自怜和自我欣赏。在这些情感中，我们的欲望都集中在我们自己身上，对外界没有真正的兴趣，仅仅担心它在某方面会伤害我们或不能满足我们。

人们极不愿意承认事实，急切地想躲进暖和的谎言长袍里，主要原因不外是恐惧。然而荆棘撕破了长袍，寒冷的风从裂缝长驱直入，这时已习惯于温暖舒适的人，比一个饱经风霜、结实硬朗的人，要遭受更多的苦楚。况且，那些自欺者往往心里也知道他们在骗自己，他们整天畏怯疑惧，生怕某件不利的事情迫使他们沮丧地面对现实。

自私自利的情欲的最大缺陷之一，在于很少使生活丰富多彩。一个只爱自己的人，当然不能因其情爱的乱杂而受到指责，但到最后他必然会感到烦闷不堪，因为他热爱的对象永远没有变化。一个因犯罪感而痛苦的人，是受着一种特殊的自恋之苦。在这茫茫宇宙中，他感到最重要的莫过于自己的品性高洁。传统宗教的最严重的谬误，在于鼓励了这一特殊的自我专注。

一个幸福的人，以客观的态度安身立命，他具有坦荡宽宏的情爱和丰富广泛的兴趣，凭借着这些情爱和兴趣，又凭借着它们使他成为许多别人的兴趣和情爱的对象，他获得了幸福。能成为情爱的领受者，这自然是幸福的，然而索要情爱的人并非就是得到情爱的人。广义地说，得到情爱的人是给予情爱的人。不过，倘若像为了利息而放债那样，一个人在层层盘算之后才给予他人情爱，这是无用的，因为有算计的情爱不是真诚的，领受者也不会感到它是真诚的。

那么一个被囚禁于自身内的不幸福者又能做些什么呢？只要他总惦记自己不幸福的原因，他就依然是自私自利的，且无法跳出这一恶性的圈子，如果他要跳出来，他就得借助真实的兴趣，而不是指望那些被当作药物一般接受的做作的兴趣。

虽然这么做的确有困难，但他毕竟还能做不少，如果他能正确地断定其问题之所在，那么他首先可以使自己的意识明白，他没有理由感到罪孽深重，然后依照我们讨论的方法，把合理的信念植于无意识之中，同时做些多少是中立的活动。如果他成功地清除了犯罪感，那么真正客观的兴趣大概会自然而然地产生。要是他的问题源于自怜，那么他首先可以让自己明白，在他周围并没有什么天大的不幸，然后再用上述的方法去解决这一问题。要是他的问题源于恐惧，那么让他做一些有助于培养勇气的练习。

自古以来，沙场上的英勇大胆一直被认为是一种美德，而且男孩和男青年的训练，大部分是用于培养那种视打仗如儿戏的性格。然而道德的勇气和智慧的胆略却不曾引起同样的重视，不过它们也有自己的培养方法。

每天你至少承认一个令你痛苦的真理。你得学会去如此感受：即便你在品德上、才智上远不如你的朋友们，人生依旧值得体验。这种练习，几年后最终能使你面对事实而不畏葸退缩，并因此将你从大范围的恐惧中解放出来。

在极大的程度上，幸福的生活犹如善良的生活。职业道德家们太偏重自我克制，因此他们把重点放在了错误的地方。有意识的自我克制，使一个人变得专注于自己，并清楚地知道他所做的牺牲，结果在当前的目的上，它往往失败，在最后的目标上，它几乎总是落空。人们所需要的不是自我克制，而是那种向外的兴趣，后者能产生自发的、不经雕刻的行为，而相同的行为，在一个过分专注于追求自身德性的人那儿，惟有依靠有意识的自我克制才能做到。

行为的效果可有天渊之别，这取决于行为者当时的心理状态。如果你看见一个孩子即将淹死，你凭着援救的直接冲动去救他，那么待你从水中冒出来时，你的道德并没有受到半点损害。在同样情况下，如果你对自己说："去援救一个无助的人是品德的一部分，而我想做一个有品德的人，所以我必须救这个孩子。"那么事后的你比起先前的你来，将变得更为败坏。在这个极端的例子里能够适用的东西，同样适用于许多其他较不明显的事情。

在我和传统的道德家们所提倡的人生态度之间，存在着另一种更微妙的差别。例如，传统的道德家会说爱情应该是无私的。在某种意义上，他是对的，也就是说，爱的自私不超过某种程度，但它无疑应具有这种程度的自私，即一个人能从成功的爱情中得到幸福。倘若一名男子向一名女子求婚，理由是他衷心地希望她幸福，同时认为她能给予他自我克制的理想机会。那么照我看来，那女子能否完全满意是很成问题的。

我们应该期望我们所爱的人幸福，但不应该将它作为我们自身幸福的一种替换。事实上，一旦我们对他人或身外之物产生了真正的兴趣时，那么自我克制学说所包含的自我和他人的全部对立便即刻化为乌有。由于具备了这种兴趣，一个人将感到自己生命之流的一部分，不再是像撞球那样，是一个坚硬独立的实体，这种撞球，除了撞击外，不可能与别的撞球发生任何关系。

所有的不幸福都基于某种分裂或不谐调：意识和无意识之间缺少协作和配合，因而造成了自我的分裂。自我和社会的连结要靠客观兴趣和情爱的力量，由于没有这种力量，又造成了自我和社会的不和谐。一个幸福的人决不会遭受这两种分离的痛苦，他的人格既不会分裂来对抗自己，也不会分裂来抵御世界。

这样的人将会觉得自己是宇宙的公民，尽情地享受着世界所给予的五光十色的舒畅快乐，不会因为想到死亡而心神不宁、痛苦万分，因为，他感到自己不会真的与后来者分离。惟有在这种与生命之流如此深刻的、本能的结合中，人们才能找到无与伦比的欢乐。

美好的人生

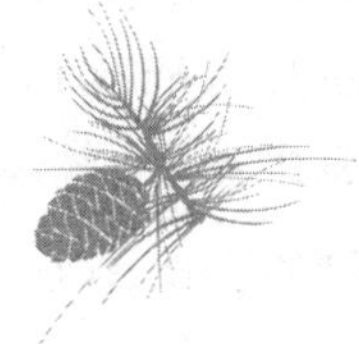

在不同时代和不同人当中，对于美好人生的见解多种多样。这些不同曾在某种程度上经得起论据的检验；这就是当人们对于达到某一特定目的的方法有不同意见的时候。有些人认为监禁是阻止犯罪的良策，有些人则坚持说教育的效果更佳。这类不同可以通过足够的证据加以判定，但有些不同却不能以此种方式判定。托尔斯泰谴责一切战争，另一些人则认为士兵为正义而战的生活是很高尚的。这里或许含有目的上真正的区别。那些赞美士兵的人通常认为惩罚罪人是件好事，托尔斯泰则不然。在这种问题上是不可能拿出证据的。因此，我不能证明我对美好人生的看法是正确的；我只能说出我的观点，并希望得到尽可能多的人的赞同。我的观点是：美好的人生是为爱所唤起，并为知识所引导的。

爱和知识都是没有止境的。因此，无论一种人生如何美好，总还能想象出更美好的人生。有爱而没有知识，或有知识而没有爱，都不能产生美好的人生。在中世纪，当村里出现瘟疫时，教士便劝人们聚集在教堂里祈祷解救；结果在一群拥挤的祈祷者中，传染发展得极为迅速。这是有爱而没有知识的例子。最近这场世界大战便是有知识而没有爱的例子，结果是大规模的死亡。

爱和知识都是需要的，但爱在某种意义上更为必要，因为它能引导明智之士去寻求知识，以明了如何为他们所爱的人谋取幸福。然而，如果人们没有知识，他们将满足于相信道听途说，而且可能存心为善却适得其反。医学或许能提供我所说的最好例证。对于病人，一个能干的医生要比最忠实的朋友更为有用，对于民众的健康，医学知识的进步要比慈善事业更有贡献。然而，如果只有富人才能得益于科学发现，仁慈的成分依然是不可或缺的。

爱是一个含有多种情感的字，我是有意用它的，因为我想把多种情感一并包入。作为一种情感的爱（这是我正在说的爱，因为在我看来，“原则上的”爱不是真正的爱）总是移动于两端之间：一端是观察中纯粹的欢喜，另一端是纯粹的仁慈。我们对于无生命之物，只会产生欢喜：我们不可能对一幅风景画或一支奏鸣曲怀有仁慈之心。这种欢喜或许是艺术的来源。通常，这种欢喜在儿童中比在成人中更为强烈，因为成人惯于以功利主义的眼光看待事物。它在我们对人类的情感中亦起重要作用，当仅仅从审美的角度观察事物时，一些人颇有魅力，另一些人则相反。

爱的另一端是纯粹的仁慈。有些人曾为帮助麻风病患者牺牲了他们的生命：在这种情形中，他们所感到的爱不可能具有任何审美欢喜的成分。父母的爱心通常伴随着对孩子容貌的欢喜，但是当这种成分完全不存在时，父母的爱心依然强烈。将母亲对生病孩子的关心称之为“仁慈”，这会令人奇怪，因为我们习惯于用这个词描写一种带有几分虚伪的淡漠情感。但是，我们很难找到另外一个词来描述这种希望他人幸福的情感。事实上，这类愿望在父母对子女的情感中，可以强烈到任何程度。但在其他情形中，远不能达到这样的强度；的确，一切利他主义的情感似乎都是一种父母之情的流露，有时也许是它的升华。由于缺少更好的词，姑且称这种情感为“仁慈”。但是，我要说明，我所讲的是一种情感，而不是一个原则，并且我也不把有时与这个词有联系的任何优越感纳入其中。“同情”这个词能表达出我的一部分意思，但却漏掉了我希望纳入的活动成分。

最完全的爱是欢喜和美好愿望这两种成分不可分解的结合。父母对漂亮且成功的孩子所感到的快乐即兼有这两种成分；完美的性爱也是如此。但是在性爱里，仁慈只有当可靠占有时才会存在，否则妒忌将会破坏它，同时也许会实际上增加观察中的欢喜。没有美好愿望的欢喜也许是残酷的；没有欢喜的美好愿望则容易变成冷淡和高傲。一个希望被人爱的人总是希望成为含有两种成分的爱的对象，除非他处于极端弱者的情况下，如婴儿期和病重之时。在这种情况下，所希望的也许只是仁慈。反之，在处于极端强者的情况下，赞美比仁慈更为渴望：这是当权者和绝色美人的心态。我们渴望他人美好愿望的程度，是依我们感到自己需要帮助或面临他人伤害的程度而定的。这似乎至少称得上是这种情境的生物逻辑，但对于人生则不尽然。我们渴望善心，目的在于脱离孤独感和“被理解”。这是同情的问题，而不仅仅是仁慈的问题；那些对我们有善心的人不仅应当希望我们好，而且必须知道我们幸福之所在。但是，这属于美好人生的另一成分，即知识。

在理想的世界里，每一个有感觉的生物都会成为所有其他生物最充分爱的客体，这种爱是欢喜、仁慈和理解融为一体的混合物。这并不是说，在这个现实的世界里，我们也应当对我们所遇到的每一个有感觉的生物怀有这样的情感。有许多生物是我们无法感到欢喜的，因为它们是令人厌恶的；如果我们扭曲我们的天性，企图从它们中看到美，我们只会削弱我们自然发现美的感受性。撇开人类不谈，还有跳蚤、臭虫和虱子。若要我们在观察这些生物时能够感受到欢喜，我们非得先受到老船夫①那样的紧勒不可。诚然，一些圣人曾将它们称之

① 老船夫是英国浪漫主义诗人柯勒律治（1772—1834）的名诗《老船夫》中的人物，他因误杀了一只海鸟，惹起灾难，众船夫愤怒，以该死鸟紧勒其颈。

为“上帝的珍珠”，但这些人的欢喜只是表现他们自己圣洁的一次机会罢了。

仁慈之心较容易扩大，但是甚至仁慈也有它的限度。如果一个男人想娶一位女士，而且发现其他男人也想娶她，这时我们不应当认为他最好退出来，我们应当认为这是竞争的正当范围。他对他情敌的感情不能是完全仁慈的。我认为，在人世间各种美好的人生中，我们必须把动物的活力和动物的本能视为某种基础；舍此，人生将是沉闷和无趣味的。文明应当成为加入其中的东西，而不应取代它；苦行的圣者和超俗的哲人在这方面未能成为完人。少数这类人或可点缀社会，但整个世界若都由这类人组成，那将乏味之至。

上述理由使得我们将欢喜的成分作为最完美的爱的组成部分加以一定的强调。在这个现实的世界里，欢喜不免是选择性的，这使得我们不可能对所有的人具有同样的情感。当欢喜与仁慈之间产生冲突时，通常应采用折中的办法解决，而不应完全放弃其一。本能有它的权利，如果我们扭曲本能到一定程度，它会采取巧妙的方式进行报复。因此，在争取美好的人生时，人类可能性的限度必须铭记在心。然而，这里我们又被带回到知识的必要性上来了。

当我说知识是美好人生的一个组成部分时，我不是指道德的知识，而是指科学的知识和特定事实的知识。严格说来，我不认为有道德的知识。如果我们希望达到某一目的，知识可以给我们指出方法，这种知识或可无意地转化为道德的知识。但是，我不相信我们能判定哪一种行为是正确的，哪一种行为是错误的，除非我们考察了其可能的各种结果。假定有一要达到的目的，明了如何达到这一目的，那是属于科学的问题。一切道德准则都必须经受检验，方法是检验它们是否能实现我们欲求的目的。我所说的目的是我们希望达到的目的，而不是我们应当希望达到的目的。我们“应当”希望的东西，不过是他人要求我们希望的东西。通常是权威人士——父母、教师、警察和法官要求我们希望的东西。如果你对我说“你应该做某某事”，你这句话的动力在于我渴望得到你的赞赏——伴随你的赞赏或不赞赏而来的，可能还有奖励或惩罚。既然一切行为都源于欲望，那么显而易见，道德的概念毫不重要，除非它能影响欲望。道德的概念完全取决于对赞赏的渴望和对不赞赏的恐惧。这是一股强大的社会力量，如果我们希望实现任何社会目的，我们自然要把这股力量尽力争取到我们这边来。当我说行为的道德应根据其可能的结果去评判时，我的意思是，我希望看到人们能赞赏那种很可能会实现我们所希望的社会目的的行为，而不去赞赏相反的行为。目前，这还做不到；现在存在着某些传统准则，根据这些准则，赞赏和责备是与结果毫不相干的。但这是我们在下一章将要讨论的问题。

理论上的道德是多余的，在简单的例子中便可一目了然。例如，假定你的孩子生了病，爱使你希望治好孩子的病，而科学则告诉你如何达到这个目的。这里并不存在一个道德理论的中间阶段来论证你的孩子还是接受医治为好。你的行为直接源于实现目的的希望和知识。这适用于一切行为，无论是好是坏。目的不尽相同，知识在一些场合较之另一些场合更为适用。但是，没有任何办法能使人们去做他们不想做的事情。可能的是通过一种奖罚制度来改变他们的欲望，其中社会的称赞和指责不能算是效果最差的。因此，立法机关的道德家所面临的问题是：如何制定这套奖罚制度才能取得立法机关所希望的最佳效果？如果我说立法机关缺少良好的愿望，我的意思不过是说，它的愿望与我所属于的某部分社会的愿望相冲突。离开人类的欲望，便没有道德的标准。

因此，道德与科学的区别不在于知识的种类，而仅仅在于欲望。道德方面所需要的知识与其他方面所需要的知识完全一样；所特殊的是，有某些目的被希望达到，而正当的行为是有助于这些目的的。当然，如果正当行为的定义要获得广泛的认可，其目的必须是大多数人所希望的。如果我将正当行为定义为是能增加我个人收入的行为，读者想必不会同意。任何道德论据的效力全在于其科学的部分，即能够证明此种行为而非彼种行为是实现大多数人所求目的的手段。然而，道德论据与道德教育是有区别的。后者旨在加强某些欲望和减弱某些欲望。这是截然不同的过程，后面将分别进行讨论。

现在我们可以更准确地解释本章开始所谈到的美好人生之定义的意义了。当我说美好的人生是由受知识引导的爱所构成时，那激励我的欲望是尽可能去过这种生活，并看到他人也过着这种生活的欲望。这句话的逻辑含义是，在一个人们能这样生活的社会里，比在一个缺少爱或知识的社会里，能有更多的欲望得到满足。我的意思并不是说这种人生是“有道德的”，或相反的人生是“罪恶的”，因为这两种概念在我看来都是没有科学根据的。

你可以获得快乐

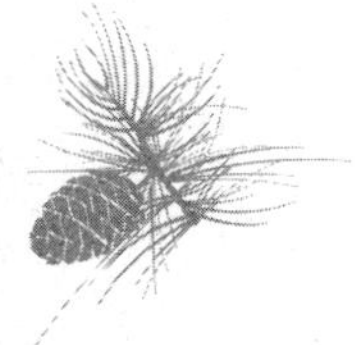

从我与友人们的闲聊，或其著作中，我几乎跟随他们得出这样的结论：在现代社会中，幸福是不可能的。然而我却发现，自我内省、到国外旅行以及和我的花匠聊天等，往往会将这一观点驱赶得无影无踪。在从前的文章中，我已论述过我的那些文学界朋友的不幸福之处；在这里，我想回顾一下，在我生命途中，我所遇到的那些幸福的人们。

虽说有中间的层次，但幸福大体可分成两类。我说的这两类，也可以被称作现实的和幻想的，或肉体的和精神的，或情感和理智的。当然，名称的选择要视被证明的论点而定。而眼下，我却不想证明什么论点，我只想进行描述。

也许区别这两类幸福的最简单的方法是：一类幸福是对所有的人都敞开胸怀，而另一类幸福则对能读会写的人表示亲昵。

当我还是个小孩时，我认识一个掘井的人，他好幸福！这个人身材高得出奇，肌肉发达，他既不会读又不会写。当他在一八八五年得到一张国会选票时，他才有生以来头一回知道存在着这么一个机构。他的幸福并不是源自知识，也不是基于对自然法则、物种完善、公共设施公有权、安息日会[1]的最后胜利或知识分子认为人生享受所必不可少的所有信条，而是基于身躯的活力，足够的劳动和对石块这类并非难以逾越的障碍的征服。

我那位花匠的幸福则是同一类的，他长年和野兔作战，他说起那些小动物，就像伦敦警察厅提及布尔什维克分子一样：把它们描绘成行事诡秘、心怀叵测、凶恶残忍，只有同样伶俐狡猾的对手才能和它们做一较量。犹如那些聚集在凡尔哈拉[2]大厅里的英雄们，他们每天都追杀着一头能暮死朝生的野猪，我的花匠也能逐杀其死敌，而并不担忧第二天那死敌会毫无影踪。那花匠虽说已七十好几了，可他整天不歇手脚。为了干活，他还得走上十六里的山路，但欢乐之泉却是享用不尽的，那源头恰恰来自“那些兔崽仔们”。

你会说，像我们这样知书达理的，享受不到这类单纯的欢乐，如果我们对兔子这般弱小的动物发动战争，我们能体验到什么欢乐呢？照我看来，这一说法实在肤浅。一只兔子要比黄热病杆菌大得多，然而一个拥有知识的人却会从与后者的搏斗中获得乐趣。就情感内容而言，那些受过高等教育的人所得到的快乐，与我的花匠所体验到的是完全相同的，教育所造成的差异仅仅在于产生这种种快乐的活动形式不同而已。

成功的快乐需要一些困难相伴随，使成功最初看来是没有把握的，然而最终大获成功。这或许就是为何不过高评价自己的能力，便是幸福之源的一大原因。低估自身者常常为成功而感到意外，而高估自身者则往往对失败觉得惊讶。前者的意外令人欢畅，后者的惊讶使人忧伤。因而明智的做法是既不无端地自负，也不自卑得连进取心都不存。

---

① 安息日会（the Seventh Day Adventist），全称“基督教复临安息日会”。基督教新教派别之一。19世纪40年代产生于美国。宣传基督即将再度降临人间，主张遵守以“第7日”（指星期六）为安息日的规定，故名。

② 凡尔哈拉（Valhalla），为斯堪的那维亚神话传说中的在天之大厅，阵亡英雄们的灵魂在该厅欢宴作乐。

在受过高等教育者的层次中，现今最幸福的人是科学家。其杰出者中的许多人，感情淳朴，他们从工作中获得极大的满足，这样他们也能从饮食、甚至婚姻中获得快乐。艺术家们和文学家们将其婚姻生活中的愁眉苦脸看作是 derigueur[①]，而科学家则往往能尽享这古老的天伦之乐，其原因在于：他们智力的较高部分完全被其工作所占用，主人不许这部分智力涉足它们并不擅长的领域。

在现代世界上，科学是进步和力量的标志，因而其重要性既不为科学家、也不为普通人所怀疑，所以，在其工作中，科学家是幸福的。由于较为淳朴的情感容易得到满足，科学家便不需要复杂的情感。复杂的情感犹如河水中的泡沫；平缓流动的河水遇上障碍便产生了泡沫。只要生机勃勃的水流没有受阻，那么它便不会掀起小小的浪花，粗心的人则会对其蕴藏的力量视而不见了。

科学家的生活具备了幸福的一切条件：他有一项能充分展示其能力的活动，他所取得的成就，不仅对自己，而且对大众——即便他们完全不理解——都是非同小可的。在这方面，他比艺术家要幸运得多。当大众不理解一幅画或一首诗时，他们便说这幅画如何糟糕，或这首诗如何蹩脚；当他们不理解相对论时，他们便说自己受的教育仍有欠缺。

结果便是：爱因斯坦万流景仰，而丹青能手却在阁楼中饥肠辘辘。爱因斯坦是幸福的，而画家们却是不幸福的。

以一贯的我行我素来抗衡大众的怀疑态度，在这种生活中，很少有人是真正幸福的，除非他们能把自己关在一个排外的小圈里，忘却外面冰凉的世界。而科学家则不需要小圈子，因为除了同事，大家都器重他。相反，艺术家则处于要么选择被人瞧不起，要么选择做卑鄙者的痛苦不堪的境遇之中。如果这位艺术家具有一流的才华，那么他

① 法文，意“礼仪上的必要”。

必定会招致非此即彼的厄运：如果他施展了自己的才华，便会有前者的结局；如果他藏而不露，便会有后者的下场。当然事情并不总是这样的，也有过这样的时代，优秀的艺术家们，甚至在他们年纪轻轻时，便为人们所尊重。

朱利阿斯二世[①]虽说可能亏待了米开朗基罗，但他从不认为米开朗基罗不会作画。现代百万富翁，他可以给江郎才尽的老年艺术家抛掷万贯钱财，但他绝不会认为，艺术家们所从事的活动，与他的一样重要。也许这些情况与下述的事实有点关联，即：一般而言，艺术家比科学家要不幸福些。

我以为必须承认的是，在西方国家，绝大多数富有才气的年轻人，往往是因为没有足够的、使其出众的才能得以充分展现的工作而感到不幸福。而在东方国家，情形便两样了。眼下，世界其他地方的青年大概总不如苏联的知识青年们那么幸福。苏联的青年们有一个崭新的世界要去建立，与之相应的，他们有热烈的信仰。老朽们或被处死了，或被饿死了，或被放逐了，或被清除了，这样，他们便不能迫使青年们要么作恶多端，要么无所事事，二者必居其一，就像在所有的西方国家里一样。

对有教养的西方人来说，年轻苏联人的信仰或许是无情的，可对这信仰人们又能提出什么异议呢？他们的确在创建一个新世界，一个符合其意愿的新世界，这世界一旦建成，它几乎毫无疑问将使普通的苏联人比起革命前来要幸福得多。它或许不是有文化的西方知识分子所乐于居住的世界，但那些有文化的西方知识分子并不非得去那里生活。因而，从任一实际角度来判断，年轻苏联人的信仰是有理的，除了基于理论的种种批评之外，对这一信仰进行的谴责，说它惨无人道，

① 朱利阿斯二世（Julius ll），意大利人，1503年成为教皇，卒于1513年。曾建立了梵蒂冈博物馆，并开始了圣彼得大教堂的建筑，邀请了拉斐尔、米开朗基罗等伟大的艺术家。

实在没有任何理由。

在印度、中国和日本，外部的政治因素侵扰了年轻的知识分子和幸福，但不存在像西方国家那样的内部障碍。对青年人来说，存在着具有重大意义的活动，而且只要这些活动取得成功，那么青年人便感到幸福。他们觉得自己在国家的民族生活中具有举足轻重的作用，他们有着日夜追求的目标——虽说困难重重，但并非无法实现的目标。

而西方受过高等教育的年轻人所时常表现出来的玩世不恭，是安逸和软弱相结合的产物。软弱使人感到一切忙碌都是不值得的，安逸则使这一痛苦的感受变得可以容忍。在整个东方，大学生能期望对大众舆论有更多的影响，但在现代西方，他却不能做到这一点。不过，东方大学生发财赚大钱的机会比西方大学生要少得多。正因为既不软弱又不安逸，他才成为一个改革家或革命者，而不是一个玩世不恭者。改革家或革命者的幸福有赖于大众事业，但即使在将要被处死的关头，他或许比那些安逸的玩世不恭者享有更多的真正的幸福。

我记得有一个年轻的中国人，他来我校做客，并打算回去在反对势力的区域内建立一所同样的学校，他想结果将会是他脑袋落地，然而他却是那般恬静与幸福，我只能暗暗称羡。

尽管如此，我又不想说唯有这些非凡的幸福才是可能的，事实上这些幸福只降临于少数人身上，因为这些人具有一般大众所缺乏的某种能力和广博的兴趣。并不是只有著名的科学家们才能从工作中获得乐趣，也不是只有大政治家们才能从鼓吹其事业中得到欢愉。工作的乐趣对每一个具备特殊技能的人都是敞开的，只要他能在运用其技能的过程中得到满足，而并不要求获得满堂的喝彩。

我曾经认识一位少年时双腿便残废的男子，但在后来的漫长岁月里，他却是那么的宁静、幸福。他之所以有这样的幸福，是因为他写一部长达五卷、有关玫瑰花枯萎病的专著，在我眼里，他是这方面的第一流专家。我无缘结识一大批贝壳学者，然而从认识他们的人那儿，我知道研究贝壳给那些乐此不疲的人带来了快乐。

我认识一位世界上最优秀的排字工，他是所有那些献身于字体创新者的楷模。但是那些有声望的人对他的真挚敬重所给予他的快乐，远不及他运用技巧时的真实的快乐，——这一快乐与优秀的舞蹈家从跳舞之中获得的快乐大致相当。我也认识其他一些排字能手，他们能排数学字体、景教手稿、楔形文字，或任何冷僻和困难的文稿，我并没有探究这些人的私生活是否幸福，但在工作时间里，他们那富于建设性的本能得到了充分的满足。

人们通常会说，在我们这个机器时代，技术性工作所提供的手艺人的欢乐天地比过去小。我根本不相信这是真的。不错，现在的技术工人所做的工作，迥然不同于那些吸引着中世纪行会的活动。但在机器经济中，他仍然具有举足轻重、不可或缺的地位。还有那些制造科学仪器和精密机械的人，那些设计师、飞机机械师、司机，等等，他们都有一个几乎可让技能得以无限发展的行业。

就我以往的观察，在相对落后的地区，农业工人和农民并不像汽车或火车司机一样幸福。在自己土地上耕耘的农民，时而犁地，时而播种，时而收获，其劳动形式的确多种多样，但他得看老天爷的脸色，而且他深知这一依赖性。而制造现代机械的人则意识到力量，他感到人类是自然力的主人，而不是它的奴隶。当那份工作对大多数仅仅是机器看管者来说是非常乏味的，他们机械地重复着某一操作，很少有变化。但是工作越来越乏味，它就越有可能让机器来操纵。机器生产的最终目的——我们的确远未达到这一阶段——在于建成这样一种体制：机器做一切令人生厌的活儿，而人类则从事变化多端和具有创造性的工作。

在这样的世界上，比起农业产生后的任一时代，工作将变得不再令人厌烦，令人感到压抑。在开始从事农业的时候，人类便决定屈从于单调、枯燥的生活，以减少挨饿的风险。当人们依靠狩猎能获得食物的时候，工作便是一种乐趣，人们不难从富人们仍以这些祖先们职业为乐事的现象中找到例证。

然而一旦农业站稳了脚跟，人类便进入了平庸猥琐、痛苦悲惨和疯狂愚蠢的漫长时期，直到今天，他们才得以在机器的照顾下解放着自身。感伤主义者当然可以大谈什么与泥土的亲密关系，哈代笔下世故农民的老辣的智慧，等等，但是每个乡下青年人的愿望之一，便是要逃脱忍受风雨旱涝之奴役、漆黑冬夜之寂寞的境地，到城里找活干，工厂和电影院里的气氛却是实在的，有人情味的。友谊与合作是一般人幸福中的基本成分，人们能更充分地在工业、而不是农业劳动中得到它们。

对某一事业的信仰是大多数人的幸福之泉，这里不仅仅指受压迫国家中的革命者、社会主义分子、民族主义分子等，而且也包括其他层次的信仰。我所知道的一些人，他们相信英格兰人是十个失传部落的后裔，他们几乎总是幸福的，而那些相信英格兰人只是埃弗雷姆和马纳塞部落[①]的人，也是同样的幸福。

但是，我可不想让读者对此产生信仰，因为我不会去鼓吹任何基于对我来说是虚假的信仰之上的幸福。出于同样的原因，我不会怂恿读者去相信，人应该仅仅依靠癖好生活，——虽然就我的观察而言，这一信仰总能给人带来美满的幸福。不过要找一件并不是异想天开的事情也是容易的，而对此事真正感兴趣的人们，则在闲暇时有了一份美差，它足以排解人生如梦的感觉。

与献身平凡事业相近的是沉溺于某一爱好。在活着的最杰出的数学家中，有一位将其时间平均分给数学研究和邮票收集。照我看来，当这位数学家在前者毫无进展时，后者便给他带来了安慰。当然集邮

① 埃弗雷姆（Ephraim）和马纳塞（Manasseh）部落，《旧约全书》中的故事，散见于《创世纪》（第41、48章）、《士师记》等书。

不仅仅能排除因难以证明数学理论中的命题而产生的苦恼，而且邮票也不是能被收集的惟一物品。

试想，古老的瓷器、鼻烟盒、罗马硬币、箭镞以及石器所展现的境界，该让你多么的欣喜若狂、心驰神往！而我们当中的许多人却对这些淳朴的欢乐不屑一顾，我们在小时候体验过它们，但后来出于某种原因，我们却认为它们与成人格格不入，这实在是大错特错，任何对他人不造成危害的快乐都应得到珍视。

就我而言，我收集河流：我为顺伏尔加而下和逆扬子江而上感到欣喜万分，又为从没见亚马逊河和奥里诺科河[①]而感叹遗憾。这些情感可谓单纯之至，然而我并不为它们感到羞怯惭愧。让我们再看一下棒球迷的激昂欢乐吧，他以热情而又贪婪的眼光看着手中的报纸，电台在转播扣人心弦的场面。我认识一位美国第一流的文学家。原先其作品给我留下的印象是：他十分忧郁。然而和他第一次会面就产生了不同结果。我记得当时电台恰好在报道生死攸关的棒球赛的结局，这位文学家忘了我，忘了文学，忘了我们世俗生活的一切烦恼，他欣喜得狂叫起来，因为他所钟爱的球队获得了胜利。打这以后，我便能读着他的作品而不为书中人物的不幸感到压抑了。

不过，一时的狂热和业余的爱好，在多数——或许绝大多数——情况下不是根本幸福之源，它们只不过提供了一种逃避现实，暂时忘却难以面对的痛苦的手段。比起其他一切来，根本的幸福更有赖于对人和物的友善关怀。

对人的友善的关怀为柔情的一种形式，但不是那种贪婪的、占有的和非要得到回报的形式，后者往往是不幸福的祸根。能得到幸福的那一种形式，是喜好观察人们，并从其独特的个性中获得乐趣，它希望使那些与自己有接触的人能表现其兴趣，并得到乐趣，而不是想左右别人，或得到别人的狂热敬慕。

---

① 奥里诺科河（Orinoco），南美洲北部河流。

如果一个人以此态度对待他人，那么他便是幸福之源，同时他又是别人友爱的对象，他与别人的关系，无论密切或疏远，都会满足他的兴趣和感情，他不会由于别人的忘恩负义而满脸不欢，因为他将很少得到这种回报，并且即使有，他也不会在意。

在另一个人身上，相同的特性会使那个人怒发冲冠、暴跳如雷，而在他身上，则成为乐趣的来源，心平气和，别人苦苦奋斗所不能取得的成就，在他则是举手之劳，不费吹灰之力。他幸福，因而他将是个愉快的同伴，而这又给他的幸福增添了许多幸福。

但这一切必须是真切的，它绝不能产生于自我牺牲的想法，这一想法源自责任感。在工作中，责任感是有效的，但在人际关系中，它却是糟糕的，人们希望彼此喜欢，而不想让别人忍耐、顺从地去忍受。

自然而然、不费功夫地喜欢很多人，也许是个人幸福的最旺盛的源泉。

我在上一段也提到对物的友善的关怀。这说法也许有点牵强，人们或许会说，对物是不可能感到友善的。尽管如此，在地质学家对石块或考古学家对废墟所有的兴趣中，存在着与友爱相似的东西，这兴趣也应成为我们对待个人或社会之态度的一个要素。对于敌对的而不是友善的事物，人们不可能有兴趣。一个人因为厌恶蜘蛛，想住到它们较少光顾的地方，所以他也许会厌恶有关蜘蛛习性的资料。但这一兴趣绝不会产生像地质学家得自于其石块的那种欢乐。虽然对无生命的事物所表现出来的兴趣，不如对待同胞的友爱态度在日常幸福的成分中那么有价值，可是它仍然具有重要性。

世界广阔无垠，而我们自身的力量却是有限的。如果我们所有的幸福都局限于自身的情形之内，那么不向生活索要更多的东西就是很困难的，而贪求的结果，一定会使你连应得的一份都落空。一个人若能凭借一些真正的兴趣，例如曲伦特会议或是星辰史等，而忘却其烦恼的话，那么当他漫步回来进入一个无关个人的世界时，定会发现自已觅得了平衡与宁静，使他能用最好的方法去对付他的烦恼，而同时也得到了真正的、即便是短暂的幸福。

快乐的世界

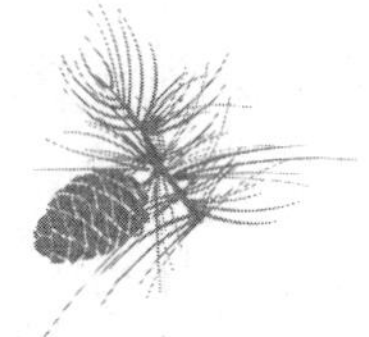

有些人的生活，对自己、对朋友和对整个世界来说，都是有益的，这些人得到希望的鼓舞和欢乐的帮助。他们知道世间可能发生的事情以及如何使这些事情成为现实。在私人关系上，他们不是惟恐失去人们的爱戴和尊敬，而是全心全意地爱戴和尊敬别人，相信不必乞求，报答自然会来到。在工作中，他们不是常常去嫉妒竞争者，而是关心那些要做的实事。在政治上，他们不为维护本阶级、本国家的不公正的特权而浪费时间和精力，他们的目标是使世界增添幸福、减少残酷，使贪婪敌对团体的战争日益减少，使不受压制、能自己成长的人日益增加。

生活中有了这种精神，就会有一种根本的快乐。这种生活方式是值得提倡的。那些找到这种生活方式的人就会从恐惧的压抑中解放出来，因为他们生活中最宝贵的东西是不受来自外部的强制力量的压制的。如果所有的人都能够排除困难、赶走怯懦而拿出勇气、擦亮眼睛，以这样的方式生活，那么就不必从政治和经济的改革去着手革新世界了，所有那些在改革中必须做的事情都会通过个人道德的革新而毫无阻碍地得到实现。如果想推翻恐惧的统治，对普通人来说，仅仅教他们鼓起勇气，对灾难持冷漠态度是不够的。消除恐惧的根源是很必要的，这样才能使不成功的人从烦恼的感觉步入一种美好的生活，并减少可能加在那些不善于自卫者头上的伤害。

当我们去思考生活中的邪恶时，可以大量地将它们分为三类。第一类属于物质的性质，如死亡、痛苦以及使田地难以生产出粮食就属于此类，这类我们叫它“物质的邪恶”；第二类属于受难者性格上的缺点或是他们的自然的嗜好，如愚昧无知、缺乏意志以及暴烈的脾气，这一类我们可以叫它“性格的邪恶”；第三类属于个人或集团压制其他集团的权力，这不仅指那种明显的残暴专制，凡是那些无论是用武力或者用精神上的影响去干涉别人的自由发展都属于此类，这一类可以叫做“权力的邪恶”。一种社会制度就可以根据这三种去判断它的好坏。

以上三种邪恶没有严格的界限。单纯的物质的邪恶是有限度的，但我们绝不能认为已经达到了这个限度。我们不可能战胜死亡，只可以不断地通过科学使生命得到延续，并使绝大多数人能够长寿；我们不可能完全解除痛苦，只可以无限地减少痛苦，并使所有人能够健康地生活；我们不可能不劳动能使大地结出丰硕的果实，只可以不断地减少劳动量并且改善劳动条件。性格的邪恶常常是物质的邪恶的一种病态结果，更常常是权力的邪恶的结果，权力的邪恶随着那些掌握权力的人的性格的邪恶以及无权力的人的物质的邪恶所产生的恐惧而愈加强烈。由于这些理由，三种邪恶是相互牵制相互影响的。然而广义地说，我们却可以将灾祸分为：一种是由物质的原因产生的；一种是由我们的缺点产生的；一种是由我们受他人支配的原因产生的。

与这些邪恶争斗的主要方法是：对于物质的邪恶——用科学；对于性格的邪恶——用教育和一个没有干预支配的所有行动力的自由的发泄；对于权力的邪恶——则通过社会的政治体制、经济体制进行改革，使一个人干涉他人的事降至最低限度。我们先从三种邪恶中的最后一种进行讨论，因为它是社会主义和无政府主义所特别希望得到改善的。他们对贫富不均的抗议上主要是对财富而产生的邪恶所持的见解为基础的。这一点柯尔先生做了很好的阐述。

我想问的是，什么是当今社会中我们应着手铲除的最根本的邪恶？

对这个问题，有两种可能的问答，并且我确信不少怀着好意的人会做出错误的回答。因为他们答的是“贫穷”而不是“奴役”。每天他们看到的是巨富和赤贫、高红利和低工钱这些可耻的对比，他们痛心地意识到无论私人还是公共的慈善事业调节贫富使之平均都是无效的，他们会毫不迟疑地答道，他们支持铲除贫穷。

在这个问题上每一个社会主义者都和他们是一样的。

贫穷只不过是症状，奴役才是病根。束缚与放纵达到极端，贫富不免也会随之达到极端。多数人并不是因贫穷而被奴役，而是因为被奴役而贫穷。但是社会主义却都常常过于注意穷人物质上的贫穷，而没有意识到这种困苦是基于精神上的原因。

我认为任何有理性的人都不会怀疑当前制度中的权力的邪恶远远大于它所必需的，也并不怀疑这种邪恶可以通过一种适当的社会主义形式得以大大削减。少数幸运的人如今确实能依靠租金或利息自由地生活，如果在另外一种制度下，他们就很难得到更多的自由。但是绝大多数人，不仅仅是很穷困的人，还有各种雇佣工人，甚至从事专门职业的阶级，都是为赚钱谋生而做奴隶的。他们被迫拼命干活，几乎没有娱乐或从事其他消遣的功夫。所以那些中年以后退了休的人，会感到索然无趣。因为他们不知如何打发时间，而以前曾有过的工作以外的兴趣又都不复存在了。但这些人已算是非常幸运的了，因为大多数人都不得不工作到年老体衰，而且一直处于贫困的恐惧之中，稍微富裕点的担心无法使自己的孩子受教育，或是生病时得不到必要的治疗，至于那些更穷的，则时刻受到饥饿的威胁。几乎所有做工的人在他们的工作上都没有发言权，他们只不过是使老板的愿望得以实现的机器。他们在恶劣的条件下干活，忍受着精神上的痛苦、肉体上的折磨，惟一的目的就是挣点工钱。说人们的工作就像美术家一样，是一种乐趣，这种意见常常被讥笑为十足的乌托邦式的空想。

但是，这些邪恶大部分是可以完全消除的。如果使人类中有教养的人只为寻找增长自己的幸福，而不再给他人以痛苦，如果使他们能够从事于全世界共享的建设性改革事业，而不再去破坏性地阻碍其他阶级或国家的进步事业，那么现在世界的整个制度就会在一代人手中完全改变。

从自由的观点来看，什么样的制度才是最好的呢？我们应希望进步的努力朝什么方向发展呢？如果暂时抛开所有其他方面，单从这一点来看，最好的制度应是俄国无政府主义者克特金所提倡的：消灭私有制，废除一切国家，建设“无政府”社会。反对无产阶级专政差不多，但如果采用基尔特社会主义的主要原理会更易实行，因为不论什么论点都可引起争论，所以我暂且不加议论，只说看起来哪种工作的组织是最好的。

义务教育应到 16 岁，或者更长些，之后，是否要继续受教育，应由学生自由选择，如果愿意的话，尽可以自由地继续受教育，至少到 21 岁。当学业完成后，不应有一个人是被迫去工作的，而对那些不愿工作的人应得到一份微薄的生活费，并且完全听其自由。但是也许社会上应有一种强有力的赞成工作的舆论，这样，不工作而闲散的人就会很少了。使闲散的人在经济上过得去有一个很大的好处，这就是提供了一个有力的意向使工作不再是令人厌烦的事。如果在一个社会中，大部分工作都是令人厌烦的，那么这个社会的经济问题就不能说得到解决了。我认为在一个社会中，有人不工作这是不合乎事理的，事实上甚至现在那些每年收入一百英镑的人，十个中至少有九个是宁愿从事有报酬的工作来增加收入的。

现在再来谈谈那些不喜欢闲散的大多数人。我认为一方面利用科学的帮助，一方面解除国内和国际上大量徒劳的困扰，假定每人每天工作 4 个小时，就可使全社会的人生活得很舒服了。那些有经验的雇主极力表明他们雇用的工人每天工作 6 小时竟能等同于 8 小时的工作量，在一个技术教育程度比现在更高的社会中，这种趋势会更加显著。人们不像现在这样，仅学会一种职业，或是一种职业中的一小部分，而是要学好几种，这样，他们就可随着气候和需要的变更随时改行。至于各种工业内部的事情，将由他们自己管理，甚至各个分厂对于只与厂内工人有关的所有问题，都将自己解决。不再由资本家管理，而是由选举出来的代表管理。不同的生产机构间的关系将由行会会议来决定，而关于社会中某一地区居民的事件，则仍由国会来决定。至于所有国会和行会议会之间的各种争端，将由这两个机构选派人数相等的代表，组成的新机构来调节。

关于报酬，不会像现在这样只根据工作实际要求的和已经完成的来支付，将来凡是愿意工作的人都能得到报酬。这种制度在一些薪水较高的工作中已经采用，如果一个人占有某一职位，那么即使他碰巧几乎没有什么事情可做时，也可以继续保留他的职位。失业和丧失生活的恐惧不会再发生。所有愿意工作的人是否应得到相等的报酬，或是高超的技艺是否应得到高额的报酬，则由各行会自由决定。如果一个歌唱家得到的报酬比不上舞台上变换布景的人，那么这位歌唱家也会选择变换布景的职业，直至这种报酬制度改变为止。如果出现这种情形，更高的报酬看来是很必要的。但是这种制度如果由行会自由投票决定，会更容易被人接受。

无论怎样尽力使工作适合人意，据推测，总有一些职业是人们所不能从事的。但人们可以被这些工资较高、工作时间较短所吸引，而不是被穷困所驱使。于是社会就会有一个强大的经济动力缩小这些特殊职业不合人意的地方。

在我们现在所想像的任何社会中，仍需要货币，或是和货币类似的东西。无政府主义者自由平均分配全部劳动产品的方法，并不能消除对一些交换价值的标准的需要，因为人们的嗜好各不相同。到了分配奢侈品的时候，年老的太太们就不愿意用她们应得的一份换取雪茄，青年男子也不会满足只得到哈巴狗。这就很需要搞清多少支雪茄等价于一条哈巴狗。一种最简单的方法就是像现在一样，付给他一定的款项，并按照需要规定各种相关物品的价值，使之得以调节。但如果用现金支付，那么人们就可以将它储存起来，到一定时候，就成了资本家。为了阻止这种情况的发生，最好发行一种通用证券，只在某一时期内有效，比如从证券开始发行时算起，以一年为有效期。这样就能使人们只为节假日攒钱，而不能无期限地储存。

将来的社会允许把日常用品和所有容易生产的，足以满足需要的用品，自由地分配给要求这些用品的人，而数量上不加限制的设想，已经有了许多评说。至于这个设想是否应被采用，我认为这完全是技术上的问题。事实上，按这个设想生产必需品，能不浪费有用的劳动力吗？我没有办法回答这个问题。但我认为，随着生产方法的不断进步，无政府主义者的这一设想，迟早可以适用，到那时，这个设想也就自然地被我们采用了。

无论已婚还是未婚的妇女，她们操持家务，也将得到报酬，就像她们在工厂中工作一样。这样就可保证做妻子的在经济上完全独立，这是其他平民所难以达到的，因为我们不应要求那些怀抱婴儿的母亲在外面参加工作。

孩子们的费用将不再由父母承担，他们也和成年人一样，能得到他们应得的一份必需品，他们还会受到免费教育。有才能的学生，将不像现在这样为了奖学金而竞争，也不会从幼年时期就为一种竞争的精神所鼓舞，或是被迫用脑过度，以致后半生精神疲惫，体质衰弱。教育将远比现在多样化，而且更加注意适合不同类型的人。对于初学的学生，应给予更多的鼓励，少给他们灌输那一套国家所崇仰的信条和知识上的惯例，我看原先这样做的主要目的无非是帮助国家维持现状。对于绝大多数孩子来说，或许觉得走出教室，到乡村去接受更多的教育是合适的。一种具有自由精神的技术教育，对于启发他们精神上的活动远比书本上的有用，因为他们认为书本上的知识除用来应付考试外，毫无用处。真正有用的教育是符合孩子们自己的本能兴趣的，这种教育给予孩子们的知识正是他们所探求的，而不是一种枯燥无味、与孩子们的自然兴趣毫不相干的知识。

政府和法律将仍然存在，但两者的权力都将减小到最低限度。有的行动仍会被禁止，例如谋杀。但是刑法中关于财产问题那部分几乎将全部废除，而现在那些引起谋杀的种种动机将有许多都不再出现。那些仍旧犯罪的人将不再被当作罪人遭到谴责和蔑视，而将被视为不幸的人，人们把他们送入一种类似精神病院的地方，直到大家承认他们不再是一种危险为止。随着教育的进步、自由的发展、资本的消除，犯罪行为将减至极少。针对不同的犯人，我们都应实施不同的治疗方法，我们就可以认为一个人的初次犯罪也就是他的最后一次犯罪。当然这是不包括神经不健全的人和低能儿的，对他们来说，长期的不乏好意的拘留也许是必要的。

政府可以看作由两部分组成：一部分是社会或其所承认的各种决议，另一部分是对那些反对以上决议的人的强制。乌托邦对于第一部分是不反对的。在一个普通的文明国家中，第二部分也可以完全不表现出来。当一个新的法律正在讨论时，那些持反对态度的人待这项法律通过以后，一般也会服从它，因为在一个安定的、有秩序的社会里，对抗法律多半是不起作用的。政府使用武力可能仍将存在，这正是为了使大家服从，但无须用武力解决。如果像乌托邦所希望的那样，政府不再使用武力，那么大多数人仍能联合起来，并用武力来对付少数人。军队或警察的武力与政府的武力惟一不同之处，就是他们的武力是有特殊作用的，而不是常设的和专业性的。这样做的结果将是因为担心少数训练有素的人篡夺国家权力，并建立一个旧式的专制政治国家而每个人都必须学会如何战斗。这样看来，无政府主义者的目的似乎不能通过他们所倡导的方法得以实现。

如果我说得没有错，那么为了阻止国内外人事中出现的暴力，只有依赖一种能够宣布武力的种种用途，并显然能压服各种武力的权力。但是这种权力也有限制，当自己有不法行为时，就无力宣布武力的作用，当对手的武力是拥护自由、抵抗暴力并得到社会舆论的赞助时，他们也无力压服这种武力。这样的权力如果存在于一个地区之内，就是所谓国家。但在国际事务中，这种权力还尚待创造。创造这种权力，困难是巨大的。但要把社会从周期性的且一次比一次危害性更大的战争中拯救出来，必须克服这些困难。这次战争结束后，是否能形成国际联盟，并且能够履行这种任务还不能预言。但无论如何，在我们的乌托邦出现之前，一些阻止战争的方法是必须确定下来的。一旦人们相信世界已不复存在战争的危机时，所有困难也就都解决了，对于各个国家解散海陆军队，将会遇到很大阻碍，代替军队的将是一种小型的国际武力，用来抵御未开化的民族。到了那个时候，和平就将真正来到了。

乌邦托批判的大多数人专政的政府所从事的实际事实上正迎合乌邦托反对它的大部分言论。还有更应反对的是行政部门对于关系到全体人民幸福所具有的权力这个问题，如媾和与宣战。但这两件事都是不能一下子就免除的。不过有两种方法可以减少它们所造成的损害：一、大多数人专政的政府可以通过转让权力来减少压制，这就是凡是只和社会中一部分人有重要关系的问题，应由他们自己决定，而不由中央议会决定。这样人们就不会再被迫去服从那些多半是由根本不了解事情真相或与事情无个人关系的人匆忙中作出的决定。内部事务的自主权不仅应给予各地区，而且应该给予像工业或教会这样的各个团体。因为他们具有重要的共同利益，而与社会中其他部分不相干。二、授予现代国家行政部门的强大权力，这主要由于经常需要作出敏捷的决断，特别在外交事务上更是如此。如果战争危机确实已经排除，那么就可以实行较多麻烦但较少独裁的方法，立法部门或许也可以恢复许多被行政部门夺去的权力。通过以上两种方法，政府对于自由的干涉就能逐渐减少。然而有的干涉，甚至一些没有保证的强暴的干涉的危险，是无政府的本质。所以，只要政府存在，这种干涉也就不会减弱。但是，到人类专横的倾向比现在减弱之前，政府的武力或许坏处还更小一点。然而战争的危机一经告终，我们便可希望人们横暴的行动将逐渐减弱。将可能大大减少那些使政府为了压制反对派不惜采用任何专制行动的个人权力，那种即使是政府的武力也不需要的社会是渐渐发展起来的。但作为一种渐渐发展的过程，它是完全可能的。当这个过程已经完成时，我们就可望看到无政府主义的原则体现在公共事务的管理之中了。

那么，我们已经做了大致说明的政治、经济制度，对性格的邪恶将产生怎样的影响呢？我相信，这种影响将是非常仁慈的。

引导人们的思想离开使用武力这一过程，将随着资本主义制度的灭亡而加速前进。但代替资本主义制度的不能是那种使官吏有极大权力的国家社会主义。现在资本支配其他人生命的权力远远大于任何人应有的权力，他们的朋友在国内有权力，他们在经济上的权势就是在政治上的权势的样本。在一个男女都享有经济自由的世界里，将没有这样命令的习惯，因为，也不会有对专制的偏爱，比现在普遍存在的一种更加柔和的性情将逐渐产生。人类是由环境形成的，而不是生下来就定了性。现在的经济制度对人类性情上的恶劣影响，以及对公有制的期望所产生的极好影响，就属于提倡改革的最有力的理由。

当多数人的基本需要得到满足之后，他们真正的幸福就在于以下两点：他们的工作和他们的人际关系。在我们已做了描绘的世界中，工作是自由的，而不是过度的，工作中充满了公共事业的乐趣，而且这种事业进步都很快，即使是地位最低的单位，也有创造的快乐。至于人际关系方面的利益是与工作上的利益不分上下的。惟一有价值的人际关系，是以彼此间的自由为基础的，没有统治，也没有屈服，除了爱情，也没有相互间的约束。当一个人的精神生活已经完结，也就没有经济上或习俗上的需要去保护外表的形式。商业主义造成的最大祸害之一就是它毒害着男女之间的关系。卖淫的坏处是普遍承认的，这种坏处虽大，经济上的情形对婚姻的影响却更厉害。在婚姻上常有一种买卖的暗示，为了获得一个妇女，就向她保证使她享有某种程度的物质上的安逸。婚姻除了更难逃脱外，几乎常常和卖淫行为没有区别，所有这些邪恶的整个基础就是经济。经济原因使婚姻成了一桩买卖或是契约，在这种婚姻中爱情完全居于次要地位，没有了爱情，也就不能认为是解放的。婚姻应是彼此之间本能的一种自由的自然结合，它充满幸福，而又不掺杂着类似敬畏的感情，双方彼此应当互相尊重，即便是稍微干涉自由的事，也完全不可能发生，并使一方反对另一方意愿的强迫性的共同生活成为不可想像的极可怕的事。这种婚姻不是由主持订婚的律师想到的，也不是牧师所念及的。现在大多数男女所设想的婚姻是不存在自由精神的。现在的法律对于任意干涉自由的意志给予一个良好机会，男女因喜欢断绝彼此的自由，而使各人都失去自己一部分的自由，且私有制的环境使婚姻更不容易产生一种美好的理想。

当经济上奴役的邪恶命运对我们的本能不再产生影响时，人际关系也就不像现在这样。丈夫与妻子、父母与孩子将只靠感情结合在一起。如果没有感情，这种结合就被看作没有保存的价值。因为爱情是自由的，所以在男女双方的私生活中，将不再存在能引起喜好专横的机会和刺激，而所有在爱情中具有创造性的东西都有自由的机会。凡是尊敬被爱者心灵中的事，将不像现在这样如此少见。今天，许多男人爱他们的妻子和爱羊肉没有两样，只当做吞咽和吃掉的某种东西。在双方互相尊重的爱情中，所具有的快乐完全不同于专制性的爱情中的任何快乐，这种快乐不仅使人们的本能得到满足，而且使人们的精神也得到满足，这种本能和精神的共同满足，是发扬男女之间最好行为的生活所必需的。

在我们所希望看到的世界里，生活中的欢乐要比现在日常生活中单调的悲剧多得多。按照目前情况来看，大多数人在度过了幼年时期后，就服从于一种预先策划好的生活，这样就失去了无忧无虑的快乐，而仅有一种在一定时间内的严肃的快乐。“变成小孩一样”这句箴言在很多方面对大家来说是有益的，和它相似的还有一句“不要去想明天的事”。但在一个竞争性的世界中，这些箴言都是不易遵守的。科学家们常常到了老年，还保留几分像小孩子一样的天真单纯，他们由于致力于抽象思维而超脱了世俗，而且由于他们的工作得到世人的尊重，所以也不会因不谙世故而受人欺凌。这种人就已成功地拥有了所有人都应具有的生活。但按照当前情况，经济上的竞争使他们这种生活方式为大多数人所不能得到的。最后，关于物质的邪恶对我们所设想的世界的影响将说明什么呢？是否疾病将比现在少？是否一定数量的劳动力所生产的产品将比现在多？或是将来的人口将超过生活必需品的限度，如马尔萨斯反驳葛德文的乐观主义所说的一样？

如果我们已经假定的其他条件能够实现，那么将来的疾病比现在少似乎是一定的。人们将不再密集于穷街陋巷之中；孩子们将拥有许多的新鲜空气和野外运动；工作的时间将只以适合健康为标准，不再像现在这样累得筋疲力尽。

说到科学的进步，几乎全部依靠新社会中智力上自由的程度如何而定。如果所有科学都由国家组织和管理，将很快变成板滞和僵死的东西。科学将不能取得根本上的进步，因为等不到这种进步实现，人们就怀疑它并不能补偿公家因它所耗费的款项。科学上的权力将掌握在老年人手里，特别是那些在科学上享有盛名的人手里，他们对那些年轻人中不去为了奉承他们而同意他们原理的人是抱着敌视态度的。在一种官僚主义的国家中，恐怕科学会很快停止进步并得到一种类似中世纪的对于权力的尊敬。但在一种较自由的制度下，能使各团体随意任用多少科学家，而且对于那些愿意研究一种完全未被承认的新学问的人，在同意给予“流浪人的工钱”的这种制度下，就很有理由认为科学的发达，定是空前的。如果情况真是这样，我相信对于我们制度中物质上的可能，一定不存在其他任何障碍。

关于生产那些物质生活上的一般消费品所必需的工作时间的长短问题，一半属于技术方面，一半属于组织方面。我们可以假定将来不再有那种没有任何效益的劳动，如制造武器、筹划国防、散布广告。为富人制造奢侈品，或是任何由我们的竞争制度带来的其他无用的事情。如果每个工业体系对于他们的新发明或他们引进的新方法享有全部或部分的专利特权，那么对于技术上的进步，大家一定大力加以鼓励。发现者和发明家的生活，也一定是非常愉快的。就现在情况而论，处于这种生活中的人很少为经济动机所驱使，而多半是由于对工作的兴趣和对荣誉的期望，这样的动机将来会比现在更广泛地起作用，因为被经济上的必要强制的人更加稀少了。并且在一个世界中，如果人的本能不像现在这样被横加干涉，生活充满了更多的乐趣，人们的兴趣和生机也因此更加旺盛。那么毫无疑问，他们的才思将更加敏捷，而且更加富于创造性。

现在还剩下一个人口问题，自从马尔萨斯所处的时代以来，这个问题就是那些认为一个较好的世界不可能存在的人的最后庇护理由。但这个问题和一百年前是大不相同了。文明国家的人口出生率都在下降，而且很显然，无论采取何种经济制度，这种趋势都会继续下去的。若再将战争的影响考虑进去，那么西欧国家人口似乎不会比目前的状况多多少，而美国人口的增加似乎仅仅因为移民的关系。热带地区的黑人人口将继续增长，但这对于温带地区的白人居民似乎并不构成严重的威胁。当然，还有黄种人的灾祸，但是在人口问题成为重大问题之前，亚洲各民族的人口出生率也很可能会下降。如果不是这样，还有其他手段用来对付这个问题，无论如何，将这件事看作我们希望的严重障碍，未免缺乏事实根据。我的结论是，对于人口问题，虽然我们不能得到准确的预测，但认为人口的可能增长是社会主义的严重障碍，是找不到任何正当的理由的。

我们的讨论已经使大家相信，由特别教义构成的社会和无政府共产主义关于土地和资本公有制，对于现今世界所遭受的邪恶，对于创造仁人志士所希望实现的社会来说，是一种必要的步骤。但是，这种步骤虽然必要，而单靠社会主义是绝不行的。社会主义有许多形式，那种国家是雇主，所有工作的人从国家那里领取工资的社会主义，存在着专制和阻碍进步的危险，这种危险甚至可能比现在的社会制度还要坏。反之，无政府主义虽然避免了国家社会主义的危险，然而也有它自己的危险和困难，因此，即使在一个适当时机中它很可能得以实现，也难以维持长久。不过，这种主义仍是我们希望极力趋近的理想，而且希望经过较长的一段时间，我们可以完全实现它。工团主义也有许多与无政府主义相同的缺点，因此也同样是不稳固的，因为它一旦建立，就会立刻觉得中央政府还是必要的。

我们所拥护的制度，是一种社会主义形式的制度，它倾向于无政府主义的程度或许要比正式行会人员所完全认可的更大。政治家们一般忽略的事情正是无政府主义所最重视的。假如社会主义一旦实现，人们重视并自愿从事于非经济的事业，社会主义的有益之处才会得到证实。

在我们所必须追求的世界上，创造精神是有生命力的。生活是一种充满快乐和希望的冒险的活动，这种活动是基于建议的愿望，而非保持自己的所有财产或是获取他人的财产的欲望。在这样的社会里，情感必然有自由的活动余地，爱情不再含有专制的本能，在已将残暴和嫉妒驱走、铲除之后，幸福的生活和去创造那种生活，将本能地得到自由的发展。这样的社会是可能实现的，只等着人类愿意去创造它。

与此同时，我们所生存的世界还有其他目的。但它将焚毁消亡于自己热烈的欲火中。而从它的死灰里，必将诞生出一个充满希望、阳光明媚的新的年轻的世界。

第二篇　我们为什么不快乐

你为什么不快乐

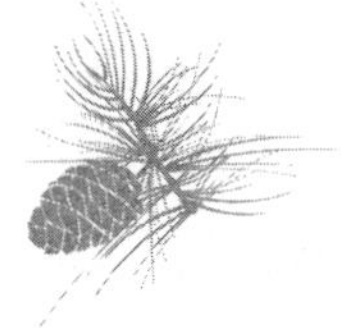

动物只要不患病，吃得饱，便是幸福快乐了。人呢，本来也应该这样，但在现代世界上却并非如此，至少有许许多多人是不幸福的。如果你自己不幸福，你或许就会承认，自己在这一方面并不是个例外。如果你是幸福的，那么请自问一下，你的朋友中又有几个是幸福的？

在你对自己的朋友做了回顾以后，你可以教自己学习观察人的情绪的艺术；使自己更善于感受在日常生活中遇到的人们的各种情绪。

布莱克①说：

> 我见过的一张张脸上
> 显出斑斑懦弱，点点哀怨

尽管不幸的形式有各种各样，但是你不难发现处处都会遇到它。现在我们假定你在最典型、最摩登的大都市纽约城里。上班时间你站

---

① 布莱克（W. Blake，1757—1827），英国诗人，版画家。

在一条繁忙的大街上，或是周末站在通衢大道上，或是晚上去出席一场舞会；你把自我从心灵里完全排除，让周围陌生人的个性一一进入你的眼底。你会发现，这些不同的群体都有各自的烦恼。在赶着上班的人流里，你会看到焦虑不安，精神过度集中，消化不良，那种除了生存斗争对一切缺乏兴趣的态度，游戏娱乐兴致殆尽，以及对人类同伴的冷漠无情。

在周末的大街上，你会看见男男女女，心情轻松悠闲，有的很有钱，去寻求快活享乐。这种追求完全是以同样的速度进行的，长长的车队蜗牛一般缓缓爬行；坐在汽车里根本看不见道路或是周围的景象，因为稍一旁视便可能引起交通事故；所有这些汽车里的人此刻所关注的便是设法超越前面的车辆，但是道路如此拥挤，他们不可能做到这点；要是他们的心绪由此游离开去，就像那些坐在车中而未握方向盘的人那样，一种难以名状的厌烦就会攫住他们，他们露出微微不满的神情。有时候一辆装满黑人的车上会爆发出真诚的快活来，但是他们的乖戾行为又引起愤懑，到最后因为交通事故而落到警察手中；假日里的快活是非法的。

或者，再来看看那些欢度夜晚的人们。人人都想来此消遣快活一番，这种决心之坚定，犹如一个人去看牙医时保证神经不紧张激动一样不可动摇。一般都认为饮酒和吻抱是通向欢乐之路，于是人们开怀畅饮，尽量不去注意同来的伙伴如何讨厌自己。一阵狂欢滥饮之后，他们开始哭泣流泪，哀叹自己太对不起母亲的养育之恩。

酗酒给他们带来的不过是犯罪感的发泄，而这在人清醒的时候却为理智所压抑。

这种种不幸的根源，部分在于社会制度，部分在于个人的心理——当然，后者在很大程度上就是社会制度的产物。为促进人的幸福而在社会制度方面需要进行的改革，我以前已有著述。在本书中我不打算就战争、经济剥削、棍棒恐吓教育的废除等问题展开讨论。

我们的文明时代极重要的任务之一就是去寻找一种没有战争的制度；但是当人类是如此不幸，以至于互相的残杀比起持久地享受生活的阳光来反倒显得不怎么可怕时，再好的制度也是难以实现的。如果机器生产是为了增进那些最为需要的人们的利益，防止贫困的永久性是必要的，但是如果连富人们都是痛苦不幸的，那么使所有的人变富又有什么意义呢？棍棒恐吓教育是不好的，但是如果那些人自己就是这类行为热情的奴隶的话，他们是不可能施予其他形式的教育的。

以上这些思考使我们想到这一与个人有关的问题：一个男人或女人，在此时此地，在这社会中，怎么获得个人幸福呢？

在讨论这一问题时，我将把自己的注意力集中到这样一类人身上，他们没有经受过来自外部的巨大痛苦。我假定，他有足够的收入解决温饱住宿问题，身体健康，能够从事各项普通的活动。我不考虑这样一类巨大的灾难，如儿辈尽亡，或是当众受辱等。这类事件是值得讨论的，而且它们确也很重要，但是同我下面要说的事情比较起来，它们属于另外一种类型。我是想提出一种对文明国家里绝大多数人遭受的日常不幸进行医治的处方，这种不幸由于没有明显的外部原因，看来几乎无法加以回避，因而使人更不堪忍受。

我认为，这种不幸在很大程度上是由对世界的错误看法，错误的伦理观，错误的生活习惯所引起，结果导致了对那些可能获得的事物的天然热情和追求欲望的丧失，而这些事物，正是人和动物的一切幸福、快乐最终有赖于它们的。这些事物的获得本在个人的能力范围之内；我因而提出这样一些转变方法，只要我们有一般的好运道，便能通过这些转变得到幸福。

对我所要提倡的哲学的介绍，或许最好从我的简要自传开始。

我生来并不幸福。我小时候，最喜欢听的圣歌是："对尘世觉得厌倦，我肩头重负罪孽。"我五岁时，曾这么想过，要是我活到七十岁，那我到现在才忍受了我全部生命的十四分之一，我觉得在我面前的漫长的厌烦、无聊生涯简直难以忍受。到了青春期，我痛恨生活；一直在自杀的道路上徘徊，而我之所以终于没有自尽，只是因为想多学些数学。

现在，相反的，我热爱生活；几乎可以这么说，随着岁月一年一年的流逝，我对生活更加热爱了。这一方面是由于我发现了什么是我最想得到的东西，而且逐渐得到了其中的一大部分。一方面是因为我成功地摒弃了某些原先向往的目标——例如关于各种事物的确切的知识获得——因为实际上不可能得到它们。

但在很大程度上则是由于消除了对自我的过分关注。

像别的受过清教徒教育的人一样，我也有过这么一种习惯，反省自己的罪过、愚行和缺点。我在自己眼中——无疑自以为是公正的——是一个可怜的怪人。后来，渐渐地，我学会了对自己及自己的不足之处不加关心，我把自己的注意日益集中到外部事物上去：如世界大事，各种学科的知识，我所喜爱的人等。

的确，对外界事物的种种兴趣，也有可能带来各种痛苦：这世界可能会投入战争，某些方面的知识可能很难获得，朋友们可能会离我而去。但是这些痛苦不会像那些由于对自我的厌恶产生的痛苦那样，毁灭生活的本质方面。而每一种对外界的兴趣都会激起某种活动，只要这一兴趣依旧存在，这种活动便能完全防止人的厌倦和无聊意识的产生。对自我的兴趣则相反，它不会激起进取性的活动。

这可能会促使一个人去记日记，进行心理分析，或许是去当个僧侣。但是僧侣只有在修道院的生活常规使他忘却了自己的灵魂以后，才会得到幸福。他由宗教而得到的幸福，其实从清道夫这一行业中也可以得到，只要他一直坚守在这一岗位上。对那些自我专注过于严重，用其他方法治疗均无效果的人来说，通向幸福的惟一道路是对客观知识的追求。

自我专注有多种形式。其中最普通的有罪人、自恋者和夸大狂三种。

在我说到“罪人”时，我并不是指犯了罪过的人，根据对这一词语的不同解释，既可认为人人都犯罪，也可说谁都没有犯罪。我指的是这样一种人，其精神贯注在犯罪意识中。他始终在责难着自己，如果他信教的话，就把这解释为是上帝的旨意。他对自己应该成为怎样的人有一定的想法要求，而这与他所了解的实际的自我总是相矛盾的。如果他在有意识思维里早就抛弃了他在母亲膝下时学得的那些道德准则，那么犯罪意识或许埋藏于他的无意识深处，只有在喝醉酒或睡眠中才浮现出来。但是，这已足以使一切事物失去其吸引力了。

实际上他依然接受了在婴儿期学得的所有禁律。

骂人是邪恶的；饮酒是邪恶的；做生意的精明是邪恶的；而首先，性是邪恶的。当然，他并没有禁止自己去享受这些快乐，但是这一切在他思想中都受到了毒化，他感到自己由此而堕落了。他全副身心去追求的一种快乐，是受到母亲的亲切抚爱，他在儿童时代的这一经历至今依然记得。这种快乐如今再也享受不到了，他便觉得一切都无所谓；既然他总是要犯罪的，干脆深陷到罪恶中去吧。

在他谈恋爱时，他在寻求着母性的温柔，但是又不能接受这种温柔，因为母亲形象的存在，使他对任何与自己有性关系的女人不可能产生尊重。于是在失望中，他变得冷酷了，后悔自己的冷酷，又重新开始了一轮想像中的犯罪和真诚的悔恨意识交替的过程。

这就是许多表面上死硬的放荡者的心理。使他们走上歧途的，是对难以企及的目标（母亲或母亲替代者）的忠诚献身以及童年时代受到的可笑的伦理准则的灌输教诲。对这些母性“贞洁”的牺牲者来说，走向幸福的第一步是，摆脱早期信仰和情爱观的统治。

自恋，在某种意义上，正是习惯的犯罪意识的反面；它包括对自我的羡慕和希望被人羡慕的习惯。当然，某种程度的自恋是正常的，也不必为之哀叹；只是在发展过头时，才成了一种邪恶。

有许多女人，尤其是富裕阶层的女人，她们身上爱的感受能力已经完全干涸了，取而代之的是这么一种强烈的愿望，即所有的男人都应该爱她们。当这种女人确信某一个男人爱她时，她便觉得他对自己不再有用了。男人方面也有这种情况，不过为数要少一些；典型的一个例子便是《危险的私通》[1] 中的主角。

当虚荣达到这种程度时，就不可能对任何其他人产生真正的兴趣，因此也不可能从爱情中得到真正的满足，而在其他方面的兴趣则会更快地低落下去。例如，一个自恋者为人们对大画家们的崇敬所激励，可能会去当一个美术专业学生。但是，对他来说，绘画不过是达到某一目的的手段，绘画技巧从未使他真正发生兴趣，除了与自己有关的以外，他看不见任何别的主题。其结果是失败和失望，而不是期望中的人们的奉承赞扬。

同样的情况也发生在那些小说家身上，他们的小说总是把自己作为理想的英雄。任何劳动的真正的成功有赖于对这一劳动的对象的真正兴趣。那些成功的政治家们的最终悲剧就在于，他们原先对社区活动和主张措施等的兴趣，逐渐为自恋情绪所替代。

一个只对自己感兴趣的人是不值得称赞的，人们不会这样去看待他。因此，如果一个人对这世界惟一所关心的是这个世界应该对他表示敬慕，那他是不大可能达到这一目标的。而且即使他达此目的，他也不可能得到完全的幸福，因为人的本能从来都不完全是以自我为中心的，而对自己加以人为限制的自恋者，恰如一个为犯罪意识所压抑的人一样。原始的人可能会为自己是个优秀猎手而自豪，但是他也喜爱狩猎活动本身。

虚荣心在过了某一极点后，就会因为其本身而毁掉参加任何活动的乐趣，因而必然导致倦怠和厌烦。其根源便是自信心的缺乏，疗法则在于培养自尊。但是这只有通过从事由对客观事物的兴趣激起的活

[1] 《危险的私通》，法国作家比埃尔·肖戴治·德拉克洛（1741—1803）写的书信体小说，其中的诱奸者名叫凡尔芒，后来被杀死。

动中取得的成功才能达到。

夸大狂与自恋者的区别在于，前者希望自己有权势威严而不是可爱媚人，企求为人所畏惧而不是为其所爱。许多疯子和历史上的多数伟人均属这一类型。

权欲同虚荣心一样，是正常人性中的一个重要部分，因此是可以被接受的；只有在它极度膨胀，或是与不真实的现实感连在一起时，才变得令人可叹。这时候，它就会使一个人不幸福，或是显得愚笨，甚至两者兼而有之。

自以为头上戴着皇冠的疯子，在某种意义上可能是幸福的，但这种幸福是任何精神健全的人不会去嫉妒的。亚历山大大帝①心理上同疯子属同一类型，只是他具有实现疯子的梦想的才能。但是，他却未能实现自己的梦想，因为这一梦想随着他的战绩的扩大而无限膨胀。当他知道自己成了历史上最伟大的征服者时，他便自命为上帝。

他是个幸福的人吗？他的嗜酒如命，他的狂躁脾气，他对女人的冷漠无情，他的封神称帝，都表明他并不幸福。

为了扶植人性中的某一部分而以牺牲其他部分为代价，或是把整个世界看作是为了个人自我的伟大高贵而创造出来的，那是不可能得到最终的满足的。

一般说来，夸大狂，无论是精神错乱的或者是较为健全的，多为过分的羞辱受屈所致。拿破仑在求学时代曾为自卑感所折磨，他的同学大都是贵族子弟，而他出身贫穷，靠奖学金才得以维持学业。在他后来允许那些流亡者归来时，他看见自己以前的同学向他屈膝低首，于是感到得意满足。真是福乐至极！这又导致他去征服沙皇以得到同样的满足，而这满足却把他送上了圣赫勒拿岛。②

---

① 亚历山大大帝（Alexander the Great，公元前 356—323），马其顿国王，死时 33 岁，但已征服当时欧洲人已知世界的绝大部分。

② 圣赫勒拿岛为南大西洋一岛屿，1815—1821 年拿破仑流放于此。

既然没有人是全能的，一个完全为权力欲所制约的人迟早总会碰到那些难以逾越的障碍。要拒绝接受这样一种认识，只有在意识层次强行注入某种形式的精神错乱，如果一个人的权力足够大时，他还可以把向他指出这一点的人监禁起来或是处以死刑。因此政治意识和心理分析意识中的压抑是相关联的。当心理分析上的压抑以任何形式出现时，人就不可能有真正的幸福。

在适当范围内掌有一定的权力可能会增进幸福，但是如果把它作为生活的惟一目的，那么，它就会给外部世界或是人的内心世界带来巨大的灾难。

很显然，不幸福的心理原因有多种多样。但是它们都有某些共同点。典型的不幸福的人，由于在青年时期被剥夺了某些正常的满足，于是就把这种满足看得比其他方面的满足更重要，一生只朝着这一方面孜孜追求，他仅仅对成功、而不是对那些与此相关的活动，给予更多的、不恰当的重现。

今天，另外一种现象发展得很普通——一个人可能觉得自己彻底失败了，于是他不寻求任何形式的满足，只求消遣娱乐、湮没无闻。他便成了“快活”的爱好者。这即是说，他减少自己的活力以使生活容易忍受。例如，酗酒就是一种暂时的自杀，它所带来的快乐只是消极的，不过是不幸的短暂中止而已。

自恋者和夸大狂相信幸福是能够得到的，尽管他们可能采取错误的手段攫取它，但是寻求精神麻醉的人，无论以哪种方式，他已失去了希望，只求湮没无闻。在这种情况下，要说服他的第一点是，幸福是值得去争取的。不幸的人，同失眠的人一样，总是对此表示自豪。或许这种自豪同丢了尾巴的狐狸的态度一样。如果是这样，治疗的方法是向他们指出，怎样去长出一条新的尾巴来。

我想，很少有人在看到了通向幸福的道路后，再去存心选择不幸之路的。我不否认这类人的存在，但是肯定为数不多，不会形成气候。

因此我假定，读者诸君是宁愿幸福而不愿不幸福的。我是否能帮助他实现这一愿望，我不能肯定，但至少我的努力是不会有害处的。

拜伦式的情绪

今天，同在世界历史上许多其他时代一样，常常可以看到这样一些贤士，他们看穿了以前时代的轰轰烈烈的场面，认为再没有什么值得为之生活下去了。持这种观点的人是不幸福的，但是他们对自己的不幸福引以为荣，他们将这归之于宇宙本质，认为这是开明人士惟一可取的理性态度。这类人对自己不幸的自豪、夸耀，使得较少世故的人对其真诚表示怀疑，他们以为对痛苦表示欣赏的人实际上并不痛苦。这种看法过于简单了些。无疑，这些受难者在其优越感和洞察力方面得到了某些补偿，但是这不足以弥补淳朴快活的丧失。

我个人认为，人不快活是没有什么理性、优越可言的。贤士只要情势允许，是会感到快乐的，如果他发现对宇宙的思考过了某一极限而变得痛苦时，他就会转而考虑别的问题。这就是我在本章中试图证明的。我想奉劝读者诸君，无论出于何种理由，理智绝不会禁止人们去获得幸福；不仅如此，我还相信，那些颇为真诚地把自己的悲哀归于对宇宙的观点的人是本末倒置了。

事实是，他们之所以不幸福，是出于某些他们还没有意识到的原因，而这种不幸福便导致他们去思考自己生活于其中的世界里那些不甚令人愉快的方面。

对当代美国人来说，我准备讨论的观点是约瑟夫·伍德·克鲁奇先生[①]在他写的《现代性情》一书中提出来的；对我们的祖父一辈而言，则是拜伦的观点；对所有时代的人说来，则是《传道书》作者提出的观点。克鲁奇先生说："我们的事业是必将失败的事业，在宇宙世界中没有我们的位置，但是尽管如此，我们并不因为成为人而感到遗憾。我们宁愿作为人死去，而不愿像动物那样活着。"

拜伦[②]这么写道：

当早日思想的光芒在情感的隐隐腐朽中渐渐衰落
这世界给予的快乐没有一个能像它带走的一般快活

《传道书》的作者是这么说的：

我羡慕那些已经死了的人，他们比活着的人幸福多了
但是，那未出生、未曾看见过这世上所发生的不公正的事的
比上述两种人都幸运

这三位悲观主义者在回顾了生活的乐趣、快活后，都得出了忧伤抑郁的结论。克鲁奇先生生活在纽约城最高层的知识分子圈里；拜伦畅游过赫勒斯滂[③]，有过许多风流韵事；而《传道书》的作者追求的快乐更是多种多样，他饮酒作乐，欣赏音乐，"凡此等等"，他建造水池，他拥有男仆女佣，甚至仆人都在他家里传宗接代。即使在以上种

---

① 约瑟夫·伍德·克鲁奇（J. W. Krutch，1893—1970），美国作家、编辑、教师。

② 拜伦（G. G. Byron，1788—1824），英国著名诗人。

③ 赫勒斯滂（Hellespont），达达尼尔海峡的古称。

种情况下，他的智慧依然没有丧失。然而他把这一切，甚至智慧都看作一片空虚。

> 我决心辨明智慧和愚昧，知识和狂妄，但是，我发现这也是捕风
> 智慧越多，烦恼越深；学问越博，忧虑越重

连他的智慧似乎都使他恼怒，他想摆脱它，却未能成功。

> 我自言自语："来吧！试一试享乐！来享享福！"
> 可是这也是空虚

但智慧仍与他同在。

> 我心想："愚蠢人的遭遇也是我的遭遇，我尽管聪明又有什么益处呢？"
> 我的答案是："没有，一切都是空虚！"
> 因此，人生对我没有意义；太阳底下所做的一切事只是使我烦恼
> 一切都是空虚，都是捕风

对文人来说幸运的是，人们不再读很久以前写下的那些东西了，因为要是他们读了，便会得出结论，不管关于水池有人曾发过什么议论，新的书籍的撰述必是空虚。如果我们能表明，《传道书》的教义并不仅仅为贤士所独有，我们就不必为以后出现的表达同样情绪的词句而自扰了。在进行这方面的讨论时，我们必须分清楚情绪及其理智的表现方式之间的差别。同情绪是没有必要展开争辩的，它会随着某一幸运的事件，或是我们身体状况的变化而变化，但是它不可能通过争

辩而转变。

我自己曾经历过这样的情绪，即感到一切都是空虚，我对这种情绪的摆脱并不是通过任何哲学的手段，而是由某种不得已而为之的行动需要促成的。

如果你的孩子病了，你会觉得不高兴，但是你不会感到一切都是空虚，你会觉得孩子的身体复原是件当然要去关心的事，根本不必去考虑人生有否最终价值这种问题。一个富人可能会而且常常觉得一切都是空虚的，不过要是他正巧丢了钱，他便会觉得下一顿饭就不是空虚的了。这种情感是由于自然需要的过分容易满足而产生的。

人类同其他动物一样，对一定量的生存斗争较为适应，而在占有巨大的财富，人类不需付出任何努力便可满足他的一切奇想怪念时，单是生活中这一努力的缺乏就使他失去了幸福的一个基本因素。一个很容易得到自己想要的东西的人，他便会这样认为，欲望的实现并没有带来幸福。如果他具有哲学思辨的气质，他便会得出结论：既然拥有了自己所需一切的人都并不幸福，那么人生必是可怜不幸的。他忘记了缺乏我们所需要的某些东西，正是幸福和不可少的一个条件。

关于情绪我们就谈这些。不过，在《传道书》中，也有理性的探讨——

江河流入大海，海却不满不溢
太阳底下一件新事都没有
前人、往事无人追念
太阳底下，由劳碌得来的一切对我也都没有意义
因我不能把一切留给后人

如果我们把上面这些见解用现代哲学家的风格来表述的话，那就

很可能是这样——

人永远在辛勤劳作，物质永远在运动之中，然后没有什么会永远驻留不去，尽管后来的新事物同逝去的旧事物没有什么差异。

一个人死去，他的后嗣收获他的劳动果实；河流奔向大海，但是河水却不允许待在海洋里。如此周而复始，在无尽期、无目的的循环中，人类和世间万物生生死死，日复一日，年复一年，没有进步发展，没有永远的成就。如果河流有智慧就会待在原地止步。所罗门[①]如果有智慧，就不会去种下果树，让他的儿子来坐享其成了。

但是如果在另一种情绪下，这一切看上去就完全不同了。天底下没有新事物出现？那怎么解释摩天大楼、航行飞机和政治家们的广播演说？所罗门何曾知道这一切？如果他可以通过无线电收听到希巴皇后从他的领地回去时对臣民们的讲话，那对处在毫无价值的树木池塘间的他不啻是一安慰？要是他有一个新闻剪报机构向他报告报纸是如何报道他的建筑的富丽堂皇、后宫的舒适安逸、那些同他争论的圣哲们的困窘狼狈相的，他还会说太阳底下一件新事都没有吗？

当然这些事物可能不会完全治愈他的悲观主义，但是他至少会采用一种新的表达方式。

实际上，克鲁奇先生对我们时代的抱怨之一便是，天底下的新事物太多了。如果新事物的没有或是出现同样令人讨厌的话，那很难说两者都成了使人绝望的真正原因。

我们再来看这样一个事实："所有的江河奔向大海，但是大海却不满不溢，江河来到它们发源的地方，在那里它们又回来了。"以此作为悲观论的根据，于是便假定这种旅行是不愉快的了。人们夏天来到疗养胜地，然后又回到他们原来的地方。这并不证明夏天到疗养胜地是无益处的。如果河水具有感情的话，它们或许就会像雪莱诗中的云一

---

① 《传道书》实际上当然不是由所罗门所写，这样做只是为了行文的方便。——原注

样，欣赏这有冒险性的循环旅行。

至于说到把财物遗给后嗣的痛苦，这个问题可以从两个方面来看：从继承人的角度看，这显然没有什么大的损失、灾难。认为一切事物都带有悲观的原因也不尽然。如果继之而起的是更坏的事物，那倒还是一个原因，但是如果随之而来的是更美好的事物，那就应该是乐观的理由了。

那么，如所罗门认为的，继承的事物同原来的一模一样时，我们又该怎么认识它呢？这不是使整个过程失去意义了吗？当然不是，除非循环的各个阶段本身是令人痛苦的。

只注视着未来，认为今天的全部意义只在于其将产生的结果，这是一种有害的习惯。没有局部的价值，也就无所谓整体的价值。生活不应被视同这样一种情节剧，剧中的男女主人公经历难以想像的痛苦的不幸后，最终以圆满结局作为补偿。我活着，有我的生活，儿子继承了我，他有他的生活，他的儿子又继承了他。这一切又有什么悲剧可言？相反，要是我长生不死，那么生活的欢乐最终必定会失去吸引力。代代相继，生活将永葆青春活力。

我在生命之火前烘烤着双手
火焰低落熄灭，于是我准备离去

这种态度同对死亡的义愤态度一样是很合理性的。因此，情绪如要由理智决定的话，那么快乐和绝望都是有相当理由的。

《传道书》是悲剧性的，克鲁奇先生的《现代性情》则带哀怨色彩。

克鲁奇先生之所以悲伤，根本上是因为中世纪的、以及稍后一些时代所肯定的事物准则都崩溃了。他说道：“当今这一不幸的时代为冥冥世界鬼魂困扰作祟，他们尚未认识熟悉自己的世界，其面临的困境，犹如一个青少年遇到的困境一样，他们要是脱离了少年时代经历的神话世界，就不知道引导自己走向何方。”

这一情况对一部分知识分子来说是完全适用的，这些人接受过文化教育，但是对现代世界却一无所知，他们在整个青年时代受到的教育是，把信仰建立于情感之上，因而不能摆脱婴儿期的寻求安全保证的欲望，这种欲望是科学世界难以满足的。克鲁奇先生同大多数文人一样，为这种思想所困惑，即科学未实现它的诺言。

当然他没有告诉我们，这些诺言是什么，不过他似乎这么认为，六十年前如达尔文、赫胥黎一辈人所期望于科学的，却至今未贡献出来。

我认为这完全是谬见，是这些不希望自己的专长被人认为无价值的作家，牧师们生造出来的。现在的世界上确有许多悲观主义者。当许多人的收入减少时，总会有许多悲观主义者。克鲁奇先生是美国人，而美国人的收入总的说来由于战争而增加了，但是在整个欧洲大陆，第一次大战给人们带来了不安定感，知识阶级遭受很大苦难。这样一类社会原因对一个时代的情绪的影响，比较其理论对世界本质的影响来，远远要大得多。很少有哪个时代比十三世纪更令人绝望了，尽管克鲁奇先生如此惋悼的信仰在那时几乎为所有的人所坚信。除却皇帝和少数几个意大利大贵族外。

因此罗杰·培根[①]说：

“我们这一时代比起任何一个时代来，更多的罪恶统治着世界，而罪恶是与智慧绝不相容的。我们来看看这世界的种种境况，认真考虑一下吧：我们到处发现腐败堕落，首先是在上的人君。……淫荡纵欲使整个宫廷名誉扫地，饕餮暴食位居其首。……如果这仅仅为在上者所犯，那在下者又如何？看看那些高级教士吧：他们在怎样追逐金钱，

① 罗杰·培根（Roger Bacon，约1220—1292），英国方济各会修士、哲学家、科学家和教育改革家。

对灵魂的拯救则不屑一顾。……我们来想想宗教的戒规：我所说的一切，决无反顾。看看他们堕落得又有多深，一个个都从自己的位子上跌落下来。(修道士的）新戒规从其最初的尊严里已大大受到腐蚀。整个牧师阶层追求的是荣耀、淫荡和贪婪：无论牧师在哪里聚首，比方说在巴黎和牛津，他们之间的争斗、吵闹和其他罪恶等等的丑闻便会传遍世俗社会。……只要能满足自己的欲望，谁都不在乎自己干下的一切，不顾手段如何阴险狡诈。”

在谈到远古时代的异教圣贤时，他写道：

“他们的生活比起我们来，无论是在讲究文明礼仪方面还是对世俗社会的轻视上，不知要胜过多少。他们欢欣明畅，富庶荣耀。这一切我们在亚里士多德①，塞内加②，图里③，阿维森纳④，阿尔法拉比乌斯⑤，柏拉图⑥，苏格拉底⑦，和其他人的著述中都可读到。正因如此，他们得到了智慧的秘密，找到了所有知识。”

培根说出了和他同时代的文人学士的看法，他们当中无一人对自己所处的时代表示喜欢。但我丝毫不认为这种悲观论有任何形而上学的原因。一切原因不过是在于当时的战争、贫困和暴行罢了。

---

① 亚里士多德（Aristotle，公元前384—前322)，古希腊哲学家。

② 塞内加（Seneca，公元前4—公元65)，古罗马雄辩家、悲剧作家、哲学家、政治家。

③ 图里（Tully，公元前106—前43)，即西塞罗，罗马政治家、律师、古典学者、作家。

④ 阿维森纳（Avicenna，980—1037)，穆斯林哲学家。医学家。

⑤ 阿尔法拉比乌斯（Alfarabius，870—950)，阿拉伯哲学家。

⑥ 柏拉图（Plato，公元前427？—前347)，古希腊哲学家。

⑦ 苏格拉底（Socrates，公元前470？—前399)，古希腊哲学家。

生存竞争的压力

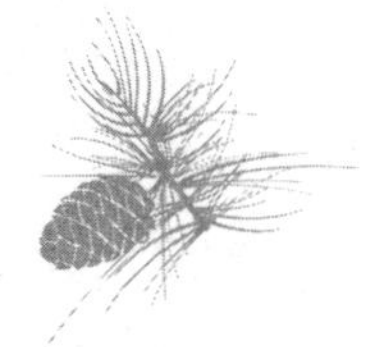

如果你随便问一个美国人，或是一个英国商人，对他的生活快乐妨害最大的是什么，他会这么回答：“是生存斗争。”他这话是由衷之言，他相信确是这样。

在一定意义上，这种说法是对的；但是从另一层意义、而且是更重要的意义上来看，这是完全不确实的。生存斗争这种情况确实会发生。如果我们遭遇不幸，我们就得去为生存而斗争。

例如，康拉德小说中的主人公福尔克就是如此，在一艘被人遗弃的船上，在水手中只有两个人是有武器的，他就是其中之一，这时除了其他水手以外，已别无他物可充饥了。当这两人吃完了原先一起分享的最后一点食物后，一场真正的生存斗争开始了。福尔克赢了，但此后他成了素食者。这并不是商人说的“生存斗争”的含义。商人运用这一意义不确切的词语，只是为了夸大那些实际上是无甚价值的事件的重要性。

试问一下，处于他这一生活阶层的人当中，又有几个死于饥饿的。再试问一下，在他的朋友破产以后，会发生什么情况。谁都知道一个破了产的商人，在物质享受方面，比起一个从来还没富裕到可能破产的人来，条件要好得多了。因此，人们平常说的生存斗争，实际上是追求成功的斗争。他们在斗争中感到恐惧的，并不是第二天早晨能不能吃到早饭，而是他们将不能胜过自己的邻居。

令人非常奇怪的是，人们似乎很少意识到，他们并未处于一个无法摆脱的机械装置的支配下，而是在一架踏车上，他们之所以依然处于原来的位置，只是因为他们没注意到是踏车未能把他们送到更高一些的方位上去。

当然，我这么说实际是指那些获得成功的大商人，他们已经有了相当可观的收入，只要他们愿意，完全可以赖以生活下去。但是，在他们眼中这样做似乎是可耻的，犹如面对敌人临阵脱逃。假如问起他们的劳动是为了何种公共事业时，他们在那些对狂热紧张生活做的广告式宣传的陈词滥调中寻思苦索一番之后，依然会茫然不知所答。

试想一下这种人的生活吧。我们假定，他有舒适的住房，美丽的妻子，还有可爱的儿女。清早，在妻儿们还在酣睡时，他已早早起身赶到办公室去了。在那里，他的职责是显示一个大经理的风度才干；他下颚紧绷，说话干脆果断，旨在给除公务员以外的每个人留下一副精明强干、谨慎持重的印象。他口授信函，和各色要人通话联系，研究市场行情，然后和某位正在或打算与他交易的人共进午餐。同样的事情整个下午又继续进行。然后他筋疲力尽回到家里，赶快换好衣装去赴晚宴。

餐桌上，他和另一些疲劳不堪的男子们还得在女宾面前装作快活高兴的样子，而这些女宾还无从感受此等疲倦呢。难以预计要过几个小时，这个可怜的人才能逃脱此种场面。直到终了，他才进入梦乡，在几个小时里绷紧的神经得以松弛一下。

这种人在劳动生活里，心理犹如百米赛跑。但是他参加的是这样一种赛跑，其惟一的目标就是坟墓。那种对百米赛跑来说很合适的全神贯注，在这里最终就发展过头到了极点。

他对自己的儿女有什么了解呢？平时他每天都在办公室，星期天则是在高尔夫球场度过的。他对自己的妻子了解吗？他早上离开她时，她还在梦乡。整个晚上，他和妻子出席社交活动，这种场合里是不可能进行亲密交谈的。他在男人中或许没有一个真正可靠的朋友，尽管他另有一些所谓朋友，但他对他们的亲热是做出来的。对春天和收获季节，他只有在它们对市场带来影响时才有所感觉。他或许游历过几个国家，可是眼神里却显得满是倦怠。书籍对他来说毫无用处，音乐更是故弄玄虚。

一年又一年，他变得越来越孤独；他的精神越加专注到生意事业上，除此之外的生活就变得更加枯燥无味。

我在欧洲看见过一个这种类型的美国人，年龄已过中年，在和他的妻子女儿一起旅行。显然是她们劝这个可怜的家伙该度个假期了，该让女儿们有个机会来看看旧世界。母亲和女儿们兴奋地围着他，向他指点每一件使她们感到新奇有趣的事物景象。这位一家之长呢，则是极端疲倦，极端厌烦，此时此刻还在担心办公室里业务进展如何。他的一家子最后都对他失去了希望，认为男人们全是腓力斯人。她们从未想过，他是她们的贪心的牺牲品；而且真的，在一个欧洲旁观者眼中，他实在同殉夫自焚的寡妇一般上下。或许十有八九，这个寡妇是个自愿的牺牲者，为了贞洁、名誉和教规戒令，准备去自焚献身的。

商人的宗教和荣誉感要求他去挣更多的钱；因此，像印度的寡妇一样，他是愉快地去接受这种痛苦折磨的。如果这个美国商人要想使自己变得幸福些的话，首先他得改变自己的宗教。只要他不仅在追求成功，而且是完全相信一个男人的职责就是追求成功，认为一个不这样去做的人就是一个可怜虫，只要他的生活依然这样紧张集中，令人焦躁不安，那么他就不会得到幸福。

举个简单的例子，比方说投资吧。几乎每个美国人都会选择利润百分之八的风险投资，而不要百分之四的安全投资。结果是，货币的损失常常出现，人则一直为之担忧烦恼不已。

就我来说，我希望从金钱中得到的是，安逸快活的闲暇时光。但是典型的当代人希望得到的则是更多的金钱，以此来炫耀卖弄，并且胜过原来同自己地位一样的人们。

美国的社会等级是不确定的，不断处于上下波动之中。因此，各种势利意识较之社会等级固定不变的地方，更显得波动不已，而且尽管金钱本身还不足以使人声名显赫，但是没有金钱也是很难达到显赫声名的。此外，一个人挣钱多少成了公认的衡量智力水平的尺度。一个发了大财的人一定是个聪明的人，反之，这个人就肯定不聪明。没有人希望被人看作傻瓜。于是，当市场处于不景气局面时，一个人便会像年轻人在考场上一样惶惶不安。

阿诺德·本涅特作品中的克莱汉格，无论他变得怎么富裕，始终在担心害怕死于工厂里。我不怀疑，那些在童年时代受过贫穷痛苦折磨的人常常为这种恐惧所困扰，担心自己的儿女遭受同样的命运，而且会产生这种想法，觉得难以积聚百万钱财来抵挡这一灾难。这种恐惧心理在创业者一代中恐怕是难以避免的，但是对那些从不知晓贫困为何物的人则可能没有什么影响。不管怎样，它们不过是问题中一个较小的、偶然的方面而已。

问题的根子在于，人们过分地把竞争的成果看作幸福的主要源泉。我不否认，成功的意识更容易使人去热爱生活。比方说，一个画家，在整个青年时代都是默默无闻的，那么如果他的才能得到公认之后，他多半会变得快乐幸福起来。我也不否认，在某一点上，金钱是极为有助于增进幸福的；而过了那一点，事情就不一样了。

总之，我坚持认为，成功只能是幸福的一个组成部分，如果不惜以牺牲其他一切来得到它，那么这个代价是太昂贵了。

问题的根源是商界流行的那种生活哲学。

的确，现在不管一个人从事什么职业，成功中总有竞争的因素，但同时我们应该看到，为人们所尊重的不仅仅是成功，还有那优异的表现，不管其形式如何，但成功是仰赖于此的，一个科学工作者可能去从事挣钱的事业，也可能不这么干。如果他去挣钱，也不会因此受到更多的尊敬。

看到一位著名的将军或是舰队司令生活清贫，没有人会觉得惊奇。的确，在这种情况下，从某种意义上说，贫穷还是一种荣誉呢。由于以上这些原因，在欧洲，完全为了金钱的竞争斗争仅限于某些行业圈子内，而且它们多半不是影响最大的，或最受尊敬的。

在美国，情况正相反。军队在国民生活中的作用，根据他们的标准来衡量是太小了，不足以产生什么影响。至于说到那些需要学问的职业呢，外界无人能知晓一个医生究竟懂得多少医学知识，或是一位律师是否确实精通法律，于是判断他们成就大小的简便方法，就是根据他们的生活标准看其收入多少了。说到教授，他们不过是商人雇用的仆人，同那些古老的国家比较，他们受到的尊敬要少多了。

这一切的结果是：在美国，专家跟在商人后面亦步亦趋，而不是像在欧洲那样自成一家。因此，在整个富有阶级中，没有什么东西能够用来削弱完全是为了金钱成功的赤裸裸争斗。

美国的儿童从很小的时候起，便知道这是惟一要紧的事，如果哪一种教育里没有金钱的价值，他们才不愿去为此下工夫呢。教育曾经被广泛认为是一种欣赏和享受能力的训练——我指的是对那些更为精致高雅的事物的欣赏享受，这对完全无教养的人来说是不可能接受的。在十八世纪，作为“绅士”的标志之一是，对文学、绘画和音乐的鉴赏情趣。今天我们可能不同意他们的爱好，但至少这是确实存在的。

今日的富人则往往是另一种类型。他从不读书。如果他要建立一个艺术画廊，那只是为了扩大自己的声望，绘画作品的选择他得依靠专家们去做，他从中得到的快乐并不是对这些作品的欣赏，而是因防止别的富人拥有这些绘画而产生的那样一种快乐。说到音乐，如果他正巧是个犹太人的话，他或许真有点欣赏力，否则，就像在其他艺术方面一样，他也没有任何教养。

这一切的结果是，他根本不懂得如何打发闲暇时光。他变得越来越富，挣钱也越来越容易，到后来，一天里五分钟挣的钱就多得叫他都不知道怎么去花了。于是这可怜的人因为自己的成功而无所事事。只要成功本身被当作生活目的，其结果就必然如此。

除非一个人受过教育，懂得获取成功以后如何对付它，否则，成功的获得必然会使他成为厌烦的牺牲品。

心理的竞争习惯很容易侵入本来不属于竞争的领域。我们举阅读为例。读书有两种动机：其一，是因为你欣赏它；其二，你可以因此炫耀一番。在美国，小姐们每个月读（或似乎在读）几本书成了一种风气；有的把书都看了，有的只读第一章。有的只看评论，但是谁都把这些书搁在桌子上。可是她们却什么名著都不看。

从来没有哪一个月读书俱乐部推荐过《哈姆雷特》或者《李尔王》；从来没有哪一个月似乎有必要让人们知道但丁。因此，人们读的那些书完全是现代人写的平庸之作，从来不是名家名著。这也是竞争的影响之一，虽则并不全是坏事，因为我们提到的那些小姐，如果让她们自己去选择的话，她们读的书比那些文学大师向她们推荐的还要低劣糟糕，更不必提什么阅读名著了。

现代生活中对竞争的过分重视，同文明准则的普遍衰退是相关联的，这种文明的衰退在奥古斯都时代以后的罗马一定出现过。男男女女们已显得没有能力欣赏更为志趣高尚的娱乐了。例如，谈话的艺术在十八世纪的法国沙龙里已发展得臻于完善了，在四十年前尚依然为人们所继承。这是一种极为高雅的艺术，为了某种几乎是瞬息即逝的事物，将人的最高官能发挥至极点。

但是在我们这个时代还有谁关心这等闲情之事？在中国，十年前这门艺术还很繁荣兴盛，不过我看自那时起，国民党人如传教士般的狂热早已把它扫却一空了。仅在五十年或一百年前，高雅的文学知识在受过教育的人当中很普及，可是今天只有少数几个教授才通晓于此。所有高雅的娱乐都被抛弃了。

在一个春天，有几个美国学生带我到他们校园边上的树林里散步，那里开满了各种绚丽多彩的野花，可是我的向导竟没有一个能叫出哪怕是其中一种花的名称。具备这样的知识有什么用呀？它又不给人增加任何收入。

问题不仅仅是在个人方面，问题在于为人们普遍接受的生活哲学，根据这一哲学，生活是一种争夺，一种竞争，尊敬则给予竞争中的胜利者。这种观点导致了以牺牲各种感觉和才智为代价，对意志的培植过分强调。或者在这么说时，我们可能是本末倒置了。清教徒道德家们总是强调现代的意志，尽管本来想强调的不过是信仰。或许清教主义时代产生了这样一种人，他们身上的意志力过度发展，而感觉和才智则横遭压抑，因而这种人把竞争哲学看作是最适合自然的哲学。

不管怎样，这些现代恐龙，就像史前的恐龙一样，宁愿要权力而不要智慧，他们巨大而惊人的成功使得自己到处被人模仿，他们成了世界各地白人的典型，在今后几百年里这种情况可能日益兴盛。不过，那些没有跟随此时尚的人尽可放心，因为远古的恐龙最终并没有赢得胜利，它们互相残杀，而由智慧的旁观者继承了它们的王国。

我们的现代恐龙正在毁灭自己。一般说来，他们每次婚姻生育子女不到两个。在这一点上，他们从清教徒祖先那儿继承的过于狂热的哲学显示了与世界的不相适应。那些对生活的看法使他们如此感受不到幸福的人，没有了生儿育女的欲望，这种人在生物上注定要灭亡的。过不了多久他们将由更为欢乐愉快的一辈所替代。

把竞争看作是生活中的主要事情，这种观点是太冷酷，太顽固了，使人的肌肉绷得太紧，意志过于专注集中，如果将它用做人生基础的话，连一两代人都难以持续。过了这样一段时间后，它一定会引起神经疲劳，各种形式的逃避，对快乐的追求同对工作的追求一样紧张艰难（因为松弛宽懈已经不可能了），最后，因为不育症，引起整个家族消亡。

不仅劳动受到竞争哲学的伤害，悠闲生活也同样深受其害。那样一种闲适安逸、使人神经放松的悠闲生活被看作令人厌烦无趣。接踵而至的必是连续的加速运转，其自然的结局是吸毒和崩溃。

治疗之方在于，应该承认：在平衡的理想生活中，健全的、温文的快乐享受是必要的。

厌烦与兴奋

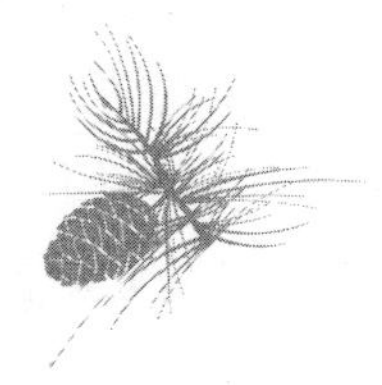

厌烦作为人类行为原因之一所起的作用，据我看来，远未受到应有的足够重视。我相信，它是在整个历史长河中起推进作用的一个巨大动力，今天更是如此。

厌烦似乎是唯有人类才具有的一种情绪。被捕获的动物确实也会变得烦躁不安，来回踱步，张口打呵欠，但从性质上来说，我认为它们的体验是不可能同人类的厌烦类比的。大部分时间里它们是在警惕敌方、寻找食物，或是两者兼有，有时它们在求偶，有时在设法保持温暖。但是即使在它们不快活的时候，我想它们并没有觉得厌烦。可能类人猿在这方面以及其他不少方面同我们相似，但是我从来没和它们一起生活过，因此没有机会做这一实验。

厌烦的基本要点之一是：把目前的状况同别的更易为人接受的、顽强地突出到想像中来的状况进行对比。厌烦的另一要点是：人的官能不能处于繁忙紧张状态。从企图危害你性命的敌人身边逃跑，我想这是使人难堪的，但这绝不是厌烦。一个人在被处死时是不会感到厌烦的，除非他有那种近乎超人的勇气。同样，没有人在上议院做首次演说时会打呵欠，惟一的例外是已故的德文郡公爵，他却因此而受到贵族的尊敬。

从根本上说来，厌烦是一种受到挫折的欲望，那些期望发生的事件本身并不一定是令人愉快的，它们只要使厌烦的牺牲者知道这一天和别一天有所不同就行。厌烦的反面，一言蔽之，不是愉快，而是兴奋。

追求兴奋的欲望深深扎根于人类的心灵之中，尤其是男性。我想，比起以后的各个时代来，这种欲望在狩猎时代更容易得到满足。追猎是令人兴奋的，战争是令人兴奋的，求爱是令人兴奋的。一个野蛮人会在一个女人身边睡着她的丈夫时设法和她通奸，尽管他知道，只要这个丈夫醒来自己只有死路一条。这种情境，我想是不会令人厌烦的。但是随着农业时代的来临，生活开始变得单调枯燥了，当然贵族例外，他们仍然处在而且一直停留在狩猎时代。

我们听到过很多对机械生产劳动沉闷单调的抱怨，不过我想用旧的耕作方法从事农业劳动是最枯燥乏味的。真的，同大多数慈善家的观点相反，我要说，机器时代大大减少了整个世界的人们所感受到的厌烦的总量。在雇用劳动者方面，工作时间里并不孤独，而夜晚的时光可以在各种娱乐活动中消磨度过，而这在旧式的乡村里是根本不可能的。

再看看中下等阶级生活的变化吧。从前，晚饭过后，当妻子和女儿拾掇停当，于是一家人团团围坐，开始“大团圆”的欢乐时光。这就是说，一家之长去睡觉了，妻子忙着编织，女儿们宁愿自己要么死去，要么神游廷巴克图[①]。她们不许看书，不许离开屋子，因为当时流行的做法是，这个时候应该由父亲与她们说话，而这对一家人来说都应是一种快乐。要是运气好，她们最终也结了婚，于是便折磨自己的孩子，让她们的青年时代同自己所经历的一样沉闷无趣。要是运气不好，她们便做老处女，或最后当个老姐姐的侍女仆佣——这种命运

① 廷巴克图（Timbuktu），非洲马里一城市，这里喻指梦乡。

正像野蛮人施加于其牺牲者身上的命运一样可怕。

在我们评判一百年前的世界时，应该记住这一厌烦的重负，历史时代越往前移，厌烦的压力也就越重。

试想一下中世纪农村冬天的单调生活吧。人们不会读书写字，天黑以后只有蜡烛给了他们些许光明，那堆柴火的烟雾散满了惟一的单间屋子，室内依然寒冷透骨。外面的道路实际上根本不能通行，因此他们几乎见不到来自邻村的人。一定是这类厌烦产生了搜捕行巫者这种习俗。这后来成了冬天晚上惟一有点生气的活动。

比起我们的祖先来，我们经历的厌烦要少得多了，但是我们更害怕厌烦。我们开始知道了，或者说是开始相信，厌烦不是人的自然命运的一部分，它可以通过对兴奋的积极强烈的追求而予以避免。

姑娘们现在大多自己谋生，多半缘于此，她们能够在晚上去寻找兴奋刺激，去躲避她们的祖母一辈当年不得不忍受的“大团圆”时光。现在人人都可住到城里去，在美国，那些买不起汽车的人，至少有了一辆摩托车，可以骑着去看电影。而且他们家里都有了收音机。年轻的男女们约会相见比起以前来方便多了，每一个家庭女佣可以期望一星期至少有一次兴奋的社交聚会，而这足以使简·奥斯汀[①]的女主人公在整本小说里期待不已了。

随着社会地位的提高，对兴奋的追求也越来越强烈。那些有条件的人不停地从一处转向另一处，走到哪里，便把欢乐带到哪里，狂舞乱跳，饮酒作乐，但是出于某种原因，他们总希望到了新的地方会有更多的乐趣。

那些不得不靠挣钱谋生的人，在劳动时间里只好忍受厌烦的折磨，而那些有足够的钱财以免却劳动之苦的人，便把完全摆脱厌烦的生活作为自己的理想。这是一种崇高的理想，而且我决无诋毁之意，不过

① 简·奥斯汀（J. Austen，1775—1817），英国女小说家，著有《傲慢与偏见》、《爱玛》、《理智与情感》。

我担心，像其他理想一样，比起那些理想主义者的假设来，那是更难获得的。与欢乐的前一天晚上比较起来，早晨总是令人厌烦的。人会有中年，甚至晚年。人至二十岁时想到，到了三十岁生命即将完结。我已经五十八了，不可能再持这种观点。

或许把人的生命资本当作货币资本来花是不明智的。或许一定量的厌烦是生命不可缺少的一部分。希望摆脱厌烦的愿望是很自然的。的确，各个民族只要有机会，都会显示这一愿望。当野蛮人第一次从白人手里尝到酒的滋味时，他们至少找到了一种摆脱单调枯燥生活的方法，因此，除非政府加以干预，他们便会喝得烂醉如泥，一醉方休。

战争、屠杀，以及迫害等，都是企图摆脱厌烦的一些方式，甚至与邻居吵一架也要比无所事事好一些。因此，厌烦对道德家来说是一个极重要的问题，因为人类所犯的罪恶中，至少有一半是出于对厌烦的恐惧引起的。

不过，我们不应该把厌烦看作完全是邪恶的。

厌烦有两种，一种是产出型的，另一种是愚滞型的。产出型是由于缺乏毒品引起的，愚滞型则由于缺少活动所引起。

我并不是说毒品对人的生活一点用处也没有。例如，有时候，一个明智的医生开的药方里就有鸦片，而且我想这种情况比禁烟主义者假设的要多得多。但是对毒品的迷醉狂热，甚至让不加约束的本能冲动所控制，这是绝不应该的。那种在人习惯了吸毒后才能适应的厌烦，在割除此种习惯后，我认为时间是惟一的疗方。而适用于解决吸毒问题的，在一定限度内，也适用于对付各种兴奋。

一种过于充满兴奋的生活会使人筋疲力尽，在这种生活里，人需要得到连续不断的强烈刺激，才能产生那种被认为是快乐的主要成分的战栗狂喜。一个习惯于过度兴奋的人，就像一个对胡椒有着过分嗜好的人一样，到头来，对足以使任何他人窒息的一定数量的胡椒，他甚至不能品尝出其一丝味道来。要避免过度的兴奋，一定限度的厌烦是不可缺少的，过度的兴奋不仅有害于健康，而且会削弱对各种快乐的欣赏能力，用兴奋代替广泛的机体满足，机灵代替智慧，惊诧代替美感。

我并不完全反对兴奋。一定量的兴奋是有益身心的，但是，同一切事物一样，问题就在数量上。数量太少会引起人强烈的渴望，数量太多则会使人疲惫不堪。因此，要得到生活的幸福，一定程度的厌烦忍受力是必要的，这一点从小就应传授给年轻人。

一切伟大的著作都有令人厌烦的章节，一切伟人的生活都有无聊乏趣的时候。试想一下，一个现代的美国出版商，面对着刚刚摆到他面前的《旧约全书》手稿。不难想像他会发表出什么评论来，比方说《创世纪》吧——

“我的天，先生，”他会这么说，“这一章太不够味儿了，面对那么一长串人名，而且你几乎没做什么介绍，可别指望我们的读者会发生什么兴趣。你的故事嘛，我承认，开头还不错，所以起先我的印象还相当好，不过你真是想把一切统统倒给读者。把要点留下来，水分给我挤掉，篇幅好好削一削，再把手稿带来给我看看。”

现代的出版商是会这么说的，因为他知道当代的读者对厌烦的恐惧。还有孔夫子的《论语》，伊斯兰教的《古兰经》，马克思的《资本论》，以及所有那些被证明是畅销书的圣贤之书，他都会持这么一种看法。不独圣贤之书是这样，所有那些精彩的小说也都有令人乏味的章节。要是一本小说从头至尾每一页都是扣人心弦的话，那它肯定不是一部伟大的作品。那些伟人们的生平，除了某些辉煌的时刻以外，也并不总是那么绚丽夺目的。

苏格拉底可以时而去出席一场宴会，在喝下去的毒芹酒开始发作时①，他也一定会从自己的高谈阔论中得到相当的满足，但是他一生中，

① 苏格拉底被控“腐蚀青年”、“不敬神”，被法庭判处死刑，后即服毒死去。这里指的就是他喝下毒酒后，仍与门徒谈笑自若。

大半时间还是静悄悄地和黏西比[①]一起生活，下午出去散散步，或许在路上遇见几个朋友。据说康德在其一生中，从未离开柯尼斯堡十英里远以外。达尔文呢，在周游世界以后，余生就是在他自己家里度过的。马克思则掀起了几次革命，尔后在不列颠博物馆度过了他的一生。

总之，可以发现，伟人们的特征之一就是平静安逸的生活，他们追求的快乐并不是那种在外人看来兴奋激动的快乐。不通过坚持不懈的劳动是不可能取得伟大成就的，这种劳动是如此艰苦，如此使人全神贯注，使人不再有精力去参加那些更劳人身心的娱乐活动，惟一的例外是加入假日里恢复体力消除疲劳的活动，如攀登阿尔卑斯山等。

对或多或少有些单调的生活的忍受能力，应该从儿童期就开始培养，现代的父母在这方面是有相当责任的，他们给孩子提供了过多消极的娱乐活动，诸如电影、戏剧、美味的食物等，他们没有认识到，对孩子来说，除了某些很少的例外，过着日复一日相同生活的重要性。孩子们需要的快乐，主要应该由他们通过自己的努力去创造，从自己生活的环境中去取得。

那种一方面令人兴奋，一方面又不需付出体力代价的快乐活动，诸如看戏等，应该尽量减少为好。这种兴奋究其本质而言犹如毒品，兴奋越多，追求兴奋的欲望也就越强烈，但在兴奋期间身体的消极被动状态则是违反人的本能的。

一个小孩就像一株植物一样，让他不受干扰、在同一块土地上生长时，才发育得最好。太多的旅行，太多的形形色色的感觉印象，对青少年并没有好处，会使得他们长大以后缺乏忍受寂寞生活的能力，而唯有寂寞才能使人有所创造。

我不是说寂寞生活本身有什么长处，我只是说，某些美好的事物只有在伴以一定程度的单调时才有可能获得。以华兹华斯[②]的诗《序

---

① 黏西比，苏格拉底的妻子，据说为人凶悍泼辣。

② 华兹华斯（W. Wordsworth，1770—1850），英国诗人。

曲》为例。对每一位读者来说，在华兹华斯的思想和感情中那些有价值的东西，老于世故的城市青年是不可能有同样感受的。

一个孩子或青年，在他具有某一严肃的创造性目标时，他就会甘于忍受巨大的厌烦，他发现这是走向成功所必需的。但是如果一个孩子过的是放荡享乐的生活，那他的头脑就不会自然产生这类创造性目标，因为在这种情况下，他的头脑里想的，总是下一个快活享乐，而不是距离尚为遥远的成功。

基于以上理由，一代不能忍受厌烦的人就将是一代庸人，这样的一代人适当地与缓慢的自然发展过程分离开来，在他们身上任何一种生命的冲动都渐渐消亡，犹如花瓶中被折断的花儿一样凋谢枯萎。

我并不喜欢用玄乎隐秘的语言，但是这里如果我不用听上去有些诗意的而不是科学的语言，我就不知道怎么来表达我要说的意思。不管我们怎么认为，我们总是大地的造物，我们的生命就是大地的生命的一部分，就像动植物一样，我们也从它身上汲取营养。大地生命的节奏是缓慢的，对它来说，秋天和冬天同春天和夏天一样重要，休憩和运动一样重要。对儿童来说，比成人更为重要的是，同地球生命的潮汐涨落保持某种联系。通过无数世代，人的躯体已经适应了这种节奏，基督教在复活节里也体现出这一状况。

我见过一个两岁的孩子，他一直生活在伦敦，有一回他第一次被带到葱绿的乡间去散步，时间是冬天，一切都是湿漉漉，道路泥泞难行。在成人眼中，并没有什么可引人注目的，但是在孩童的眼里却闪出奇异欣喜的光彩，他在潮湿的土地上跪了下去，把脸埋到青草里，嘴中发出快乐高兴的咿呀叫声。他所体验到的那种欢乐是原始的、质朴的、又是广泛的。那种得到满足的机体需要是如此强烈，那些这种需要得不到满足的人很少是精神完全健全的。

有许多快乐，我们举赌博作为一个例子吧，它本身没有和大地的联系因素。这一类快乐一旦停止下来，就会使人感觉无聊不满，渴望着什么，却又不知道自己究竟要什么。这种快乐带给我们的是不能称为幸福的。另一方面，那些把我们和大地的生命连接起来的快乐里，则有着使人得到极大满足的东西，在它们停止以后，它们带来的幸福依然存在，尽管其强烈程度比起那些更令人兴奋的放荡胡闹来要低些。这中间的区分差别，可以有从最简单的到最文明的长长一串行业。我刚才提到的两岁幼儿便显示了与大地的生命融为一体的最原始的可能形式。但是在高一级的形式上，同样的情况则可能见诸诗歌。

使得莎士比亚的抒情诗如此卓越感人的便是因为诗中充满了使两岁的幼儿拥抱草地的同样一种欢乐。请读一下“听，听，云雀”[①] 或是“来到金黄的沙滩上”，你会发现，那两岁的孩子只能以口齿不清的叫喊显示出来的感情，在这些诗里以更为文明的形式表现了出来。

或者，我们再来看看爱情和纯粹的性爱之间的差别。爱情是这样一种体验，它使我们整个身心得到复苏新生，恰像植物久旱之后受雨露滋润一样。但是没有爱情的性爱全然不属这种情况。在瞬间的肉体快感过去之后，随之而来的是疲惫，厌恶，以及生命是空虚的这类意识。爱情是大地生命的一部分；没有爱情的性爱却不属于此。

当代的城市人所遭受的那样一种厌烦，是与他们同大地生命的分离密切相关的。这种分离使得生活变得灼热，无聊而又干枯，犹如沙漠之中的朝圣远行。在那些富裕有钱、可以自己选择生活方式的人中，他们所遭受的那种特别难以忍受的厌烦，正像它看上去显得很荒谬一样，是由于他们对厌烦的恐惧而产生的。在逃避产出型的厌烦时，他们成了另一种更为严重的厌烦的牺牲品。

幸福的生活在很大程度上必定是一种宁静安逸的生活，因为只有在宁静的气氛中，真正的快乐幸福才能得以存在。

---

① 英国诗人雪莱（P. B. Shelley）的诗《致云雀》中的第一句。

过度疲劳

疲劳的形式是多种多样的，比较起来，有的疲劳对人的幸福的障碍要更大一些。纯粹体力上的疲劳，只要不过度，倒往往会成为幸福的原因之一；这种疲劳使人睡眠酣畅，胃口大开，倍增人们假日里玩乐游戏的劲头。不过，如果疲劳过度，就会给人带来很大危害。除却那些高度先进发达的地区以外，贫穷地区的农民妇女多因过度辛苦劳动，人到三十就已衰老了。在英国工业革命初期，儿童的生长发育受到相当阻碍，甚至常常因劳动过度而夭折。这类情况在工业革命刚刚开始的中国和日本仍时有所见，在某种程度上也见于美国南部各州。

体力劳动过了某一极限便是对人的残酷折磨，而且常常发展到使生活本身变得不堪忍受的程度。然而，在当代世界最先进的那些地区，由于工业生产劳动条件的改善，体力上的疲劳已经大大减轻。在今日的发达地区，问题最严重的是神经疲劳。奇怪的是，这类疲劳最常见于富裕人家，比较起实业家和脑力工作者来，雇佣劳动者身上要少见得多。

要避免现代生活中的神经疲劳是非常困难的。首先，对城市劳动者来说，在整个工作时间，甚至在上下班时间里，不断受到噪音的干扰，尽管他们学会了对大部分噪音不去有意识地注意，但是噪音依然在折磨人，而且由于潜意识中竭力去避开这些噪音的紧张过敏，反而使人更为疲乏。

另一个我们未意识到的产生疲劳的原因是，陌生者的连续不断的在场出现。

同别的动物一样，人的自然本能也习惯于对同类的每一位陌生者进行探究打量，以决定究竟用友好的还是敌视的态度与他相处。这种本能在高峰时间里乘坐地铁的人们身上受到了抑制，其结果是，他们对所有陌生者，对这些非出本愿而被迫与他接触的陌生者产生了一种普遍的、弥散性的愤怒。

另外，急着去赶早班火车的紧张情绪会引起消化不良。因而等赶到办公室，一天的工作刚刚开始，这位职员的神经已经紧张疲乏，对整个人类产生一种讨厌的情绪。他的雇主呢，也带着同样的情绪上班，对雇员身上的这种情绪无意消除打发。雇员出于担心被解雇的恐惧，不得已而显出恭敬驯顺，但是这种不自然的行为只会进一步加剧神经的紧张。要是允许雇员们一个星期有一次机会去捏捏老板的鼻子，或是用其他方式表示对他的真实想法，那么他们紧张的神经就会得到放松。

但是从雇主的角度来说，他也有自己的困扰，这样做并没有解决他的问题。雇员担心的是解雇，雇主担心的则是破产。的确，有的雇主已经足够富裕强盛，不必再为此担忧了，但是在他们取得这样的地位之前，他们一般都得经过多年顽强激烈的奋斗，在这期间，他们得时时警惕、关注世界各地的行情变化，不断地设法挫败对手的计谋较量。这一切结果是，当真正的成功到来之时，一个人的神经已经崩溃了，他已经习惯于焦虑忧愁，甚至在这种焦虑过去之后，他仍未能摆脱这一习惯。

是的，富人们也有子孙后辈，但是他们多半也给自己制造出焦虑来，而且这类焦虑同他们如果不是出身富家可能遭受的焦虑几乎一样。他们聚众赌博，因而招致与父辈同样的不快，他们牺牲睡眠，通宵达旦寻欢作乐，弄垮了自己的身体，待他们平静下来，也已同其父辈一样，无力去享受幸福了。无论是出于自愿，还是出于选择或需要，大多数现代人过的是伤神伤筋的生活，长期以来要不是酒精的刺激，他们早已因为过于疲惫而丧失了享受生活乐趣的能力。

对这些愚笨的富人我们不想多加赘述，我们还是来考虑那些为了谋生而付出艰巨劳动的普通人，考虑他们身上的更为常见的疲劳问题吧。在很大程度上，这类疲劳是由忧虑产生的，但忧虑是可以通过一种更为健康的生活哲学，一定的心理修养而加以避免的。

大多数的男男女女对自己的思想缺乏控制能力。

我这么说的意思是，他们在面对那些自己一时未能采取有效措施的问题时，仍然未能阻止去想这些问题。男人们深夜上了床，在他们本该去好好恢复体力以便对付明天的事情时，却依然在为工作上的问题担忧，他们脑子里翻来覆去，冥思苦想，而实际上此刻他们对这些问题又无能为力，他们这般思虑，并不是去找一个明天可行的方案来，而是带有一种精神错乱的状态，而这正是失眠症伴有的思维紊乱的特点。黎明来临，但是半夜里的那种精神疯狂依然紧紧缠着他们，模糊了他们的判断力，使得他们脾气更为急躁，使得每一个困难障碍都令人恼怒。

贤人们只是在有某种明确目标时才去考虑那些困难，在其他时刻考虑别的事情，或者，要是在晚上，干脆什么都不去想。我这并不是说，在碰到大的危机，譬如面临破产时，或是一个男人有理由怀疑妻子不忠心时，尽管没有对付解决的办法，也不去加以考虑。当然，对少数头脑特别清醒的人来说，也能够做到这一点。

但是对于日常生活中碰到的麻烦困难，除了那些必需即刻处理的以外，是可以把它们暂且搁置起来的。在对大脑的思维经过系统训练以后，就既能增进人的幸福，又能提高解决问题的效率，因为我们只在适当的时候才去考虑某一问题，而不是不适当地、无间歇地思考。在要作出一个困难的、使人费神的决策时，一经有关的数据信息收集齐备，即给予最充分的考虑并做出决定，在决定做出以后，除非得到新的事实证据，勿去随便加以修正。

没有什么比犹豫不决更使人筋疲力尽、更无成效的了。

通过对引起忧虑的事物的无价值无意义的认识，大多数的忧虑是能够加以削弱克服的。我一生中曾经做过多次公众演说，最初，每一位听众都使我觉得恐惧，神经紧张使我讲得极不成功，我对这一折磨觉得如此害怕，甚至常常在演讲之前，希望自己的腿跌断了才好呢，在讲演结束后，则因神经的紧张而感到筋疲力尽。后来渐渐地，我教会了自己这么去想，不管我说得成功与否，都没有什么大关系，无论怎样，宇宙依然在运转。后来我发现，我对自己的讲演成功与否担心越少，我说得反倒越不怎么坏，神经的紧张渐渐削弱，以至于无了。许多种神经疲劳可以用这种方法来治疗。

我们的作为并非如我们自己想的那么重要，我们的成功或失败归根结底并无多大关系。巨大的悲伤可以忍受克服，那些似乎使人生幸福永不归来的困难也随着时间的流逝而退却消失，以至到后来使人难以记起这些困难原先显得多么巨大。但是，在这些以自我为中心的考虑之外，更重要的是，个人的自我并不是整个世界的一个大部分。

一个能够把自己的思想和希望超越于自我的人，也就能够在日常生活的困境中找到宁静安逸之地，而这对彻底的利己主义者来说是不可能的。

人们对神经卫生的研究是开展得太少了。确实，工业心理学对疲劳做过详细的调查，通过确凿的统计数据证明，在连续相当长一段时间里专门从事某一活动后，人最终会感到非常疲倦——这一结果其实不需要很多的科学知识也大体可以猜出来。心理学家对疲劳的研究主要是关于肌体的疲劳方面，尽管对学校儿童的疲劳也做过部分研究。但是这些研究都没有触及这一重要问题。

对人来说，在现代生活中，情绪上的疲劳一直是主要的形式之一。纯粹脑力的疲劳，同纯粹是肌体的疲劳一样，只需通过睡眠即能得到补偿。一个人进行了大量的、不需要情绪卷入的脑力劳动以后——比如，繁琐复杂的计算等——只要在每天工作后保证睡眠即可把疲劳消除。过度劳动带来的危害远非是在这一点上，而是某种形式的忧虑和焦躁。

情绪疲劳会妨碍人的休息。一个人越疲倦，就越觉得难以止息这种疲倦。这种濒临神经崩溃的症状之一即是，认为自己从事的工作极端重要，似乎要是去度上一天假就会使事情不可收拾。如果我是个医生，我就会给任何一个认为自己工作重要的病人开个休假的处方。那种似乎是由工作引起的神经崩溃，事实上，就我所知的任何一个病例来看，都是由某种情绪障碍引起的，病人只是企图通过工作来摆脱这种障碍。他之所以不愿意放弃工作是因为一旦如此，他将无以驱散解脱萦绕他心头的不幸，无论这种不幸是怎样的。

当然，问题也可能是对破产的恐惧，在这种情况下，他的工作直接与忧虑联在一起，但即使这样，忧虑很可能使他长时间地扑到工作上去，以至于到头来他的判断能力愈加低弱，破产会来得更早一些。

不管怎样，引起神经崩溃的是情绪障碍，而不是工作。

忧虑的心理绝不是很简单的。我前面已经谈到过心理修养，即在适当的时刻思考一定问题的习惯。这一习惯的重要性，首先在于使我们花较少的时间思考而又能完成一天的工作；第二，它提供了一个治疗失眠的方法；第三，它有助于决策效率和水平的提高。但是这类方法并不能触及潜意识或无意识方面，当某一障碍相当严重时，任何方法如不能深入到意识层次之下，便不能产生什么作用。

在无意识对意识的作用方面，心理学家已开展了大量的研究，但是意识对无意识作用的研究就很少了。然而后者在精神卫生方面有极大的重要性，如果要使理性的信念作用于无意识王国，就必须认识了解这一作用。这在解决忧虑问题上尤为重要。嘴上说某个不幸万一发生的话并不怎么可怕，这是很容易的，但是只要它仍停留在意识信念里，这种自慰在夜深人静难以入眠时就会起作用，或是防止噩梦的出现。

我个人认为，一种有意识思维，只要赋予其足够的活力和强度，是可以植入到无意识思维中去的。无意识思维大多是由本来是情绪强烈的有意识思维组成的，现在则隐伏了起来。这种隐伏过程有可能有目的地去加以实现，这样我们就可以利用无意识思维做许多事情。

例如，我发现，如果我要写作某一较为困难的题目，最好的办法是，在几个小时或几天里，集中全力——集我所能付出的全部精力——予以认真深刻的思考，在这段时间过后，即发出指令，比方说，要求这一工作转到地下进行。过了几个月后，我有意识地回到这一题目上，便发现这一任务已经完成了。在我发现这一技巧之前，我常常会在以后的几个月里，因为任务没有进展而忧虑不止，但是我并没有因为忧虑而使问题解决得更快些，而这期间的几个月时间却浪费了，现在呢，我就可以利用这段时间从事其他工作了。在解决焦虑问题上，也可以运用在许多方面与此相同的过程。

在某一不幸袭来时，我们可以严肃、认真地思考一下，可能发生的最坏的结果是什么。在正视这一可能发生的不幸之后，我们就感到有确切的理由认为，它并不是极其可怕的灾难。这类理由总是存在的，因为，说到底，我们个人碰到的任何事情并没有什么普遍的重要意义。当你认真地考虑了这种最坏的可能性后，并怀着确信对自己说：“嗯，毕竟这问题不是那么严重紧要。”这时你就会发现，自己的忧虑减少到了最低的限度。这一过程可能要重复几次，但是到最后，如果你面对最坏的可能性都没有退缩躲避，你就会发现，自己的忧虑完全消失了，取而代之的是一种振奋昂扬的情绪。

这是避免恐惧心理的更为普遍的技巧方面的一部分。忧虑是恐惧的一种形式，任何形式的恐惧都会产生疲劳。一个人学会了消除恐惧心理，就会发现日常生活中的疲劳大大减弱了。当我们不希望出现的某种危险发生时，恐惧便以其最有害的形式产生出来。恐惧的思绪时而进入我们的头脑。

究竟恐惧的是什么，每个人不一样，但是几乎人人都有某种潜在的恐惧。有的人害怕得癌症，有的人担心经济上破产，第三个人担忧不名誉的隐私被人发现，第四个人受着猜忌的怀疑心理的折磨，第五个人则在夜晚想到年幼时听到的地狱之火的故事可能是真的而毛骨悚然。或许以上这些人用的是一种错误的对付恐惧的技巧，无论何时恐惧进入了他们的头脑，他们都试图去想别的东西，他们用娱乐、工作或其他手段来分散自己的想法。

这种不敢正视现实的做法反而加剧了各种形式的恐惧。

转移自己思考目标的做法是由于鬼怪幽灵的恐怖所致，人由此转移了自己注视的目光。

对付任何一种恐惧的正确方法是，理智地沉静地对其进行思考，思想须全神贯注，直到对它完全熟悉了解为止。最后，由于对它的熟悉而削弱了它的恐怖可怕，这整个对象就变得令人厌烦，我们的思想由此而转移开去，但不是像以前那样，由意志的作用引起，而纯粹是由于对该事物缺乏兴趣所致。

当你发现自己在对某一事物进行沉思默想时，最好的办法是，用比自己平时更认真的态度进行更多的、更严肃的思考，直至最后它失去了令人可怕的吸引力。

现代道德中最为缺乏的东西之一是对付恐惧的方法态度。是的，人在体魄上的勇敢，尤其是在战场上的勇敢，是社会所期望于男子的，但是社会却并不期望他们具有其他方面的勇气，而对女子来说，人们则不希望她们具备任何勇气。一个勇敢的女子要是希望有男人喜欢她，还不得不把这掩盖起来。一个男子除了在身体上受到攻击时应表示出勇敢外，在其他方面如也有这种表示，便会遭人冷眼。例如，对公众舆论的冷漠态度，便被认为是一种挑衅，公众便会尽其所能对敢于蔑视其权威的人予以惩罚。这一切同应该采取的态度恰相反。

男子或女子身上体现的任一形式的勇气，同士兵所具有的勇气一样，应同样予以颂扬。年轻男子身上普遍具有的体魄方面的勇气就证明了，公众舆论可以激发勇气并加以培养。

勇气越大，忧虑就越少，疲劳也就更为减弱。男男女女身上出现的大多数的神经疲劳，无论是意识层次还是无意识层次的，大多是由恐惧所引起的。

疲劳的极为常见的原因之一是对兴奋的爱好追求。

一个人如果把闲暇时间用于睡眠，他便身体健康，但是他的工作却烦闷单调，他觉得在自由支配的时间里需要寻找快活娱乐。问题在于，最容易获得的、表面看来最吸引人的娱乐活动，多半是容易使人神经疲劳的。追求兴奋的欲望，过了某一极点后，就成了或是扭曲的气质或是某种本能不满的标志。

在从前的幸福婚姻中，大多数男子并没有兴奋的需要，但是在现代世界，婚姻常常得延迟一段时间，到最后经济条件具备时，兴奋变成了一种习惯，它只能在短时间里得到某种抑制。如果舆论允许男子在二十一岁便结婚，而又不需担负如今日的婚姻所要求的沉重经济负担，那么许多人就绝不会去要求同他们的工作一样疲劳的娱乐活动了。然而提倡这么去做是被认为不道德的，这或许从林赛法官的命运便可看出来。他尽管长期从事这一荣誉的职业，却因为他希望青年人不再遭受由于他们兄长的固执褊狭而招致的不幸，他因此而受到了诽谤斥责。不过这一问题现在我不打算再谈下去，因为这属于妒忌这一大题目下，我们将在下一章集中讨论。

就单个个人而言，他不可能改变自己生活于其中的社会法律和制度，因此是很难对付那些专制的道德家们制造和长久维持的局面的。但是，我们有必要认识到，使人兴奋的娱乐并非通向幸福之路，尽管只要使人更满足的快乐是可望而不可即的，一个人会发现，除非通过兴奋的刺激，否则生活是难以忍受的。在这种情况下，一个稳健慎重的人惟一能够做到的是约束自己，不允许自己去寻找那种有损健康、影响工作的过分而又使人疲劳的快乐。

对付年轻人的烦恼的根本疗法是，改变公众的道德观念。同时，年轻人也应该认识到，他最后总要走上结婚这条道路的，如果他的生活方式使得幸福婚姻成为不可能的话，那是不明智的，而神经的紧张和习惯的对更为文雅高尚的娱乐活动的能力缺乏，很容易造成这类生活方式。

神经疲劳的最严重的特征之一是，它在人和外部世界之间设立了一道屏障。它使人得到的印象模糊不清、无声无息。一个人不再去注意周围的人，除非被某些小骗术和怪癖习气所激怒。对他来说，菜肴乏味，日月无光，往往只对少数几件事物表示强烈关注，而对其他一切都漠然置之。这种状况使得人不可能得到休息，疲劳则不断增加，到后来需经医疗才能解除。这一切，说到底，是对我们在前一章讨论过的、与大地失去联系的一种惩罚。

但是在今天城市人口大量聚结集中的情况下，怎样保持与大地的联系，确非一件容易的事情。不过，这里我们又发现自己处于重大的社会问题的边缘上，但这类问题我不准备在本小册子中展开讨论。

妒忌

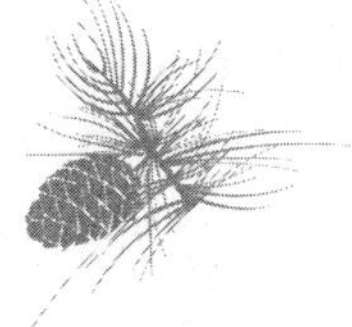

除了忧虑之外，使人不幸福的最主要的潜在原因之一，或许就是妒忌了。我觉得，妒忌是人类最普遍、最根深蒂固的感情之一。我们可以明显地看到，儿童还不满一岁就有了这种心理，因此每一个教育工作者必须极为慎重地对待这一问题。

对一个幼儿冷落，而对另一个幼儿表示出些微的偏爱，这即刻就会被前一个幼儿观察到，并引起憎恨。一个家庭里如果有几个孩子，那就必须对每个孩子都绝对公正，不偏不倚，而且始终如一。但是儿童在表露自己的妒忌和猜忌（妒忌的一种特殊形式）情感方面，比成年人稍稍公开一些。这种情绪实际上在成人和儿童中一样普遍。就以我家的女佣为例吧，我记得我们曾有一个女佣，因为结婚怀了孕，我们便让她别去提重物了，这么一来，立刻便有所反应：哪一个女佣都不愿去提重物，结果需要去提重物时，都得我们自己动手。

妒忌是民主的基础。赫拉克利特[①]曾经声称，以弗所[②]的公民们都

① 赫拉克利特（Heraclitus，公元前535？—前475？），希腊哲学家。

② 以弗所，希腊爱奥尼亚城市，位于欧亚大商道西端。

该被吊死，因为他们说过：“我们当中谁都不许出人头地。”可以肯定，希腊城邦国家的民主运动，几乎完全是由这种热情所激起的。现代民主的兴起也是这样。

确有那么一种理想主义理论，认为民主制度是最好的政府形式。我个人也认为这种理论是正确的。但是在实际的政治活动中，理想主义的理论并不足以产生巨大变革，而当巨大变革发生时，那些为之辩护的理论一直是热情的伪装形式。那种给予民主理论推动力的热情，无疑就是妒忌的热情。

试读一下罗兰夫人①的回忆录吧，她常常以忠于人民的高贵妇人的形象出现。你会发现，使她成为强烈的民主分子的，是这么一种切身体验，有次她去访问一座贵族别墅时，却被带到了仆人的屋里。

在一般的体面妇女中，妒忌起着相当大的作用。如果你乘坐地铁，一位穿着入时的女人正巧沿着车厢走过，这时你看看旁边那些女人的神色吧。你会看见，每一个女人，或许除了那几个穿着更为时髦的以外，都会带着恶意的眼光看她，会绞着脑筋去贬损她。对传播流言蜚语的爱好就是这种普遍的恶意的表现：只要是关于别个女人的坏话，即便没有丝毫根据，也会马上被人相信。

一种高尚的伦理道德也起了同样的作用：那些有可能作恶来违反此道德的人受到妒忌，并且对他的罪恶进行惩罚被认为是有道德的，这一特别的美德本身就是一种酬劳奖励。

然而，同样的情况在男人身上也时有所见，不同之处在于，女人把其他一切女人都看作自己的竞争对手，而男子一般只对与自己同行业的人有这种情感。读者们，你有否曾经冒失地在一位艺术家面前称赞另一位艺术家？你有没有在一位政治家面前称赞同一党派的另一位政治家？你有没有向一位埃及学家夸奖另一位埃及学家？如果你这么

---

① 罗兰夫人（Madame Roland，1754—1793），曾参加法国资产阶级革命，在雅各宾政变期间被捕并被处决。

说过，那么十有八九，你会引起那种猜忌心理的爆发。

在莱布尼兹[①]和惠更斯[②]的通信中，有好几封信对传闻的牛顿患精神病一事表示悲叹。他们互相这么写道："无与伦比的天才牛顿先生竟然因为理智的丧失而变得糊涂起来，岂不有点可悲?"这两位颇有名望的学者，在一封接一封的来往信件中，显然是带着幸灾乐祸的情绪掉下几滴鳄鱼眼泪的。事实上，他们假意悲叹的事情并没有发生，只不过是牛顿的几个古怪的行为引起了这样一些谣言猜测。

在普通的人性特点中，妒忌是最为可叹可悲的。不仅妒忌者希望别人遭受不幸，只要不受惩罚并付之于行动，而且他自己也因为妒忌而受到不幸。他不是从自己拥有的一切里汲取快乐，而是从他人拥有的东西中汲取痛苦。只要他能够，就设法去剥夺他人的优点长处，这在他看来是如此值得去干，犹如自己得到了这些优点长处。如果任凭这种热情肆意泛滥，那么它对任何美德、甚至对最有用的特殊技巧的发挥都是致命伤害。

为什么一个医生该坐着汽车去看病人，而一个工人只能走着去上班?为什么科学研究者可以坐在温暖的房间里度过时光，而别人却要受着大自然的日晒雨淋?为什么一个掌握具有重大价值的非凡才能的人，就可以免去他日常繁杂的家务劳动?对这类问题，妒忌并没有提供答案。

不过，幸好人性中另有一种代偿的热情，即羡慕的情绪。无论谁要增进人的幸福就必须增进羡慕情绪，减少妒忌情绪。

有什么方法可以治好妒忌呢?对圣人来说，可以用无私精神来治疗，尽管即使在圣人身上，对其他圣人表示出妒忌也不是不可能的。

---

① 莱布尼兹（G. W. Leibniz，1646—1716），德国自然科学家、数学家、哲学家。

② 惠更斯（C. Huygens，1629—1695），荷兰数学家、天文学家、物理学家。

我怀疑圣西门·斯提莱特[①]要是知道另有一个圣人在一条更窄的柱头上站立时间更为长久时，他是否会觉得很愉快。不过，我们不去说圣人吧，对于普通的男男女女来说，治疗妒忌的惟一方法即在于幸福，但困难也正在于，妒忌本身就是幸福的一大障碍。

我认为人在童年时代遭遇的不幸大大刺激了妒忌心的形成。一个孩子发现自己的兄姊受到宠爱，便形成了妒忌的习惯，待他走到这世界上，他就去寻找那些把自己作为牺牲对象的不公正现象，只要这类现象一发生，他就立即察觉到，如果没有，他也会想像出它们的存在来。这种人必然是不幸福的，而且为朋友们所讨嫌，因为他们不可能一直记住去避免做出那种被假想的怠慢行为来。他开始时认为没有人喜欢自己，到后来他以自己的行为使自己所相信的东西变成真的了。

儿童时代的另一个不幸是，孩子虽有父母却得不到父母情感，这也会产生同样的结果。

自己家里虽然没有受到过分宠爱的兄姊，但小孩会发现别人家的孩子比自己受到父母更多的爱。这会引起他仇恨别的孩子，仇恨自己的父母，长大以后，他便会认为自己成了以实玛利[②]。

有几种幸福是人人天生应得的权利，要是剥夺了这些幸福，人几乎必然变得乖戾易怒。

但是妒忌者可能会这么说："告诉我幸福是治愈妒忌的疗法又有何用？只要我继续有妒忌心，我就不会找到幸福，而你们还告诉我，在我找到幸福之前，我是不会抛弃妒忌意识的。"但是实际生活并不是这样符合逻辑的。只要认识到自己身上妒忌情绪产生的原因，就是在治疗的道路上前进了一大步。

---

① 圣西门·斯提莱特（Simeon Stylites，390—459），古代基督教隐修士，他创立了一奇特的苦修方式，在特拉尼撒筑一高柱，居其顶端思念上帝，历时约30年，后人称为"柱头修士"（Stylites）。

② 以实玛利（Ishmael），《圣经》中亚伯拉罕的庶子，后被遗弃。

根据比较来思考的习惯是一个致命的缺点。

当任何快乐的事情发生时，都应该尽情去享受，而不要停下来去这么想：同别人可能会遇到的事情比较起来，自己的事儿并不怎么叫人快乐。“是呀，”妒忌者说道，“今天天气很好，春天来到了，鸟儿在歌唱，鲜花在开放，但是我知道，西西里的春天更要美丽一千倍，赫利孔山丛林里的鸟儿唱得更动听，沙伦的玫瑰比我家花园里的玫瑰更鲜艳。”当他这么去想时，太阳失去了光芒，鸟儿的歌唱变成了无意义的鸣叫，鲜花似乎都不值得一看。

他对生活中其他方面的快乐也都采取同样的态度。“是的，”他会对自己说，“我心中的姑娘是可爱的，我爱她，她也爱我，可是希巴女王[①]一定绝艳美丽得多！哎，要是我有所罗门那样的机会该多好啊！”所有这类比较都是毫无意义的、愚蠢的！无论是把希巴女王还是隔壁邻居当作我们不满的原因，两者都是无益的。

对贤人而言，并不因为别人拥有我所没有的，我自己拥有的东西就不值得享受了。实际上，妒忌既是道德上的又是理智上的一种缺陷，它永远看不见事物本身，只见事物之间的关系。比方说，我挣的工资已经足够我花了，我本应感到满足，不过我听说另外有两个人，我知道他一点都不比我高明多少，而挣的工资却是我的两倍。如果我是个妒忌心很重的人，刹那间我对自己拥有的东西满足感便消失了，我开始为一种不公正感所左右。

治疗这一切的有效办法是心理修养，培养不去想无益的事情的习惯。说到底，又有什么比幸福更值得妒忌？要是我能治好自己的妒忌心，我就会得到幸福，就会为人所妒忌了，那个工资是我两倍的人，必定会受到这种思想的折磨，想到另外有人挣的工资是他的两倍，如是等等。要是你渴望荣耀，你可能会妒忌拿破仑。但是拿破仑妒忌恺撒，恺撒妒忌亚历山大大帝，而亚历山大，我敢说，则妒忌实际并无

① 希巴女王，活动于公元前10世纪。据传说，希巴王国位于阿拉伯半岛西南，所罗门王在位期间，希巴女王亲率驼队前来拜见。后来嫁给了所罗门王。

其人的海格立斯①。

因此，仅仅通过成功并不能摆脱妒忌心，因为在历史上或传说中总会有人比你取得更大的成就。你可以通过享受自己得到的快乐，通过去做自己要完成的事，通过避免和自己想像中的、可能是相当不真实的、所谓比自己更幸运的人去做比较，以此来摆脱和消除妒忌心。

不必要的谦虚和妒忌有大关系。谦虚被认为是一种美德，但是就我看来，我很怀疑，谦虚是更为极端的形式，是否值得这样去看。羞怯的人需要别人的一再安抚保证，而且常常不敢接受他们本来满有能力去完成的任务。羞怯的人认为自己比不上那些自己经常相处交往的人。因此他们尤其容易产生妒忌心，并由妒忌心导致不幸和敌意。就我来说，我认为，抚养一个孩子，让他认识到自己是个好孩子很重要。

我不相信哪一只孔雀会去妒忌另一只孔雀的羽尾，因为每一只孔雀都认为自己的羽尾是世上最美丽的。结果呢，孔雀成了和平温顺的鸟类。试想一下，要是一只孔雀受到这样的教育，认为对自己做高度评价是邪恶的，那它的生活会变得多么不幸啊。每当它看见另一只孔雀开屏时，它就会对自己说："我可不能去想我的羽尾比它漂亮，这样想是骄傲自满，可是，哎，我多么希望自己更漂亮些！那只丑鸟这么得意，自以为漂亮了不起！我拔下它几根羽毛怎样？这样或许就不必再害怕同它相比了。"

或者它会去设个陷阱，以证明那只孔雀邪恶冥顽，行为不端，犯下了孔雀社会所不容的罪行，于是它在头领会议上告发了那只美丽的孔雀。发展到后来，它们会立下这样一个规定，凡是羽尾特别美丽的孔雀几乎总是邪恶的，孔雀王国中那位贤明统治者便会选出那只仅有几根秃羽的孔雀当头领。在这一规定被接受后，它就会把所有最美丽的孔雀处死，到最后，真正漂亮的羽尾成了只有在对过去模糊的回忆

① 海格立斯（Hercules），希腊神话中的大英雄。

中才会出现的东西。这就是妒忌假充为道德时的所谓胜利。

但是，在每只孔雀认为自己比其他伙伴更美丽时，就没有这种压抑的必要了。每一只孔雀都想在这一竞争中赢得第一名，而且因为每只雄孔雀都尊重自己的雌孔雀，都认为自己取得了这样的成绩。

妒忌当然是与竞争紧紧联在一起的。我们对自己认为不可企及的福运是不会去妒忌的。在社会等级森严的时代，最下等的阶级不会去妒忌上层阶级，因为穷富之间的界限被认为是由上帝规定的。乞丐不会去妒忌百万富翁，尽管他们会妒忌那些运道稍微好些的乞丐。

现代世界中社会地位的不稳定，以及民主和社会主义平等学说等，大大扩展了妒忌的范围。从现在来看，这是一种邪恶，但是为了达到一种更为公平的社会制度，这种邪恶暂且必需忍受。当对不平等进行理性的思考时，除非它们是基于成绩优点之上，否则便被视做不公正。一旦它们被视为不公平，除了把这种不公平消除，对由此而引起的妒忌是没有其他解决办法的。我们的时代因此是一个妒忌心起着奇特的大作用的时代。穷人妒忌富人，穷国妒忌富国，女人妒忌男人，守贞操的女人妒忌虽然不守贞操、却未因此受惩罚的女人。

一方面，妒忌确是导致不同阶级、民族、国家、不同性别之间公正关系的主要推动力；另一方面，同样确实的是，这样一种作为妒忌结果的公正很可能是一种最坏的公正，这种公正与其说是增加了不幸者的快乐，不如说是减少了幸运者的欢乐。在个人生活中起着破坏作用的热情在公共生活中起着同样的作用。因此别以为从妒忌这样的邪恶中会产生出好的结果来。那些出于理想主义的原因，希望我们的社会制度发生巨大变革，社会正义得以伸张的人，应该去寻求其他的力量而不是妒忌心来促进这些变革的发生。

所有的坏事情都是互相关联的，其中任何一个都可能成为另一个的原因，疲劳尤其是常常引起妒忌心的一个原因。当一个人对自己要去做的事感到力不胜任时，他便产生一种普遍的不满情绪，这种情绪便极可能以对那些工作较为轻松的人产生妒忌的形式出现。

因此，减少妒忌心的方法之一是，减少人的疲劳。但最主要的是，要去寻得一个能使自己的本能得到满足的生活。纯粹是职业性的妒忌多有性方面的原因。一个在婚姻或子女抚养方面颇为幸福的人，是不怎么会因为别人更有钱，事业上更成功而去妒忌的，只要他自己有足够的钱，能够以自己认为合适的方式抚养孩子就行了。

人的幸福究其实质而言是很简单的，简单到连那些老于世故者都不能承认自己究竟缺少些什么。我们前面讨论到的，对每一个穿着入时的女人产生妒忌心的女人，可以肯定她们在本能生活中并不幸福。在欧美，尤其在妇女中，本能生活幸福的人是很少的。在这一方面，文明似乎走上了歧途。要减少妒忌心理，必需找出能弥补这种状况的办法来，要是找不到这样的办法，那么我们的文明就会处于由仇恨走向毁灭的危险之中。

从前，人们只妒忌自己的邻居，因为他们对其他的人几乎一无所知。现在通过教育和新闻传播等间接手段，他们对人类社会各等级的人也有了相当了解，尽管其中的个人他们可能一个都不认识。通过电影，他们以为自己了解了富人是怎么生活的，通过报纸，他们知道了别的民族国家的种种弱点，通过宣传，他们了解到与自己肤色不同的种族人们的凶残行为。黄种人仇恨白人，白人憎恨黑人，等等。你或许会说，这一切仇恨都是由宣传煽动起来的，但是这种解释只说到问题的表面。

为什么宣传在激起人们的仇恨时比激发人们的友好感情更易成功?原因很清楚，现代文明造就的人的心灵更趋向于仇恨而不是友谊。它之趋向于仇恨是因为它感到不满，因为它深深地、或许甚至是无意识中感到自己失去了人生的意义，感到或者是别人，而不是我们自己，得到了大自然给予人的愉快欢乐。现代人的生活中享受到的快乐，总起来肯定要比原始社会时多得多，但是对可能得到的快乐的追求意识也就更为强烈。

无论你何时带孩子到动物园去，就会发现类人猿的眼睛里，在它们没有表演体操动作或是嗑坚果时，会显出一种奇特的紧张、悲哀。我们几乎可以想像，它们感到自己本来应该成为人的，但是没能发现如何成为人的秘密。在进化的道路上它们迷失了方向，它们的堂弟妹赶了上去，它们自己却落到了后边。

与这种紧张、烦恼同样的情绪似乎进入了文明人的灵魂。他知道还有比自己更优越的事物，而且几乎就在自己掌握中，但是他不知道到哪里去寻找，或是怎样去发现它。绝望之中，他向自己的同伴发起怒来，但是同伴和他一样感到失落和不幸。我们已经达到进化史上的又一个阶段，但这还不是最后的阶段。我们必须迅速穿越过去，否则，大多数人就会在路上死去，其他人则会在怀疑和恐惧中迷失方向。

因此尽管妒忌是邪恶的，它的作用也是可怕的，但并不完全是个魔鬼。它一方面是英雄式的痛苦的表现，那是在茫茫黑夜中徒步跋涉者的痛苦，他们或许是在走向更好的安憩之处，或许只是走向死亡和毁灭。在这绝望之中要找到一条正确道路，文明人必需像开阔自己的视野一样，开阔自己的心胸。他必须学会超越自我，并且通过这样做来获得宇宙的自由。

犯罪感

犯罪感是成年人生活不幸的潜在的心理原因里最重要的因素之一。在人的有意识意志由于疲劳、疾病、饮酒或其他一些原因而受到削弱时，犯罪感变得尤为突出。这时人的感觉（除非由酗酒引起的以外）可以看作是更高的自我的显示。“魔鬼生了病，也会成为圣人。”但是以为人在这些虚弱的时刻比起在强健的时刻来，有更深刻的洞察力，那是荒谬的。人在虚弱时刻，是很难抵制婴儿时受到的教育暗示的，但是也没有理由表明，在成年人身体的官能得到充分发挥时，这类暗示就一定比那些信仰更占上风。相反，在一个人精力充沛的时候，运用自己的全部理智而获得的那些信仰，应该成为他任何时候都予以接受的准绳。

克服婴儿期无意识层次的那类暗示是可能的，甚至可以通过运用正确的技巧来改变无意识的内容。无论何时，在你开始对某一行为感到后悔，而你的理智又告诉你它并不是邪恶的时候，你就应该检查一下产生后悔感的原因，使自己明白这一切的荒唐所在。让你自己的有意识信仰鲜明突出，让它们在你的无意识里留下深刻的印象，使其足以对付你在孩提时代母亲或保姆留给你的那些印象。

不要为理性时刻与非理性时刻之间的交替感到满足。认真审视非理性意识，绝不拜倒在它的脚下，勿让它左右你自己。无论何时，在它将愚昧的思想或情感注入你的意识层次时，那就把这一切连根拔起，审检并拒绝它。不要让自己一直当个摇摆不定的生物，半由理智，半由婴儿期的愚昧所制约。

不要因为对那些控制着你儿童期发展的那些人的记忆印象采取不敬态度而感到害怕。他们在那时对你来说可能显得强大、聪明，这只是因为你还软弱、愚昧，现在你已经摆脱了这二者，该是你来检查他们表面的力量和智慧，考虑他们是否依然值得你尊敬，而这种尊敬本来是由于习惯的力量你才向他们表示出来的。

你应该严肃地问自己，传统上给予年轻人的那种道德教育，是否会使这世界变得更美好。请思考一下，那些道地的迷信思想有多少进入传统的、有道德的人的性格中，再想一想，所有那些假想的道德危险由那些极为愚昧的禁令所防范时，一个成人面临的真正的道德危险实际上却没有引起注意。

一般人受到引诱的那些真正有害的行为究竟是什么？经商中那些未受到惩罚的诈欺犯骗行为，对雇员的粗暴态度，对妻子儿女的残暴行为，对竞争对手的刻毒用心，以及政治冲突中的残忍行为——这些才是那些颇有声望的公民经常犯下的真正有害的恶行。通过这些罪恶行径，一个人在他周围的生活圈子里播下了痛苦，在毁灭人类文明的路上向前跨了一步。但是这一切并没有使他在患病时，感觉到自己成了一个失去了神庇护的被驱逐的恶人。这一切并没有使他在噩梦中看见自己的母亲那申斥责备的眼光。

为什么他的潜意识中的道德观点和理智相距如此遥远呢？这是因为那些抚育他的童年的人所信仰的伦理观念是愚昧的；因为这不是来自于个人对社会承担的义务责任的研究；因为这是由那些无理性的清规戒律拼凑而成的；还因为其中包含着这样一些病态因素，它们正来自于困扰着垂死的罗马帝国的那些精神疾病。

我们名义上的道德观念是由牧师和精神上受奴役的女人形成的。现在该是让在正常的生活中发挥着正常作用的人们开始学会抵制这一病态的荒谬信念了。

但是这样的反抗要取得成功，要使个人获得幸福，使得一个人一直遵循着一种准则生活，而不是在两者之间摇摆不定，那他就需要更深刻地思考和体会他的理智告诉他的一切。大多数人在他们表面上摆脱了儿童时代的迷信观念后，便以为一切都完事了。他们没有认识到，这些迷信思想依然在地下潜行。

在我们认识到一个理性的信念时，需要对它进行认真思考，观察它的后果，寻找出自己头脑里可能存在的与这一新的信念不一致的任何其他信仰，当犯罪感变得强烈起来时，这是时常会发生的，不要去把它当作一种启示和向更为高级的事物的呼唤，而是看作一种疾病，一个弱点，当然除去一种例外，即它是由理性的伦理观所谴责的行为激起。

我并不是在说人不需要道德观念，我只是在说人不需要迷信的道德观念，这两者是全然不同的。

但是即使在人违反了自己的理性准则时，我也怀疑犯罪感是否就是一种使人走向更美好生活的最佳方法。在犯罪感中有那么一种卑下的、缺乏自我尊重的成分。一个人是不会因为失去自尊而走上正确道路的。理性的人会把自己的不良行为同别人的不良行为一样对待，看作是在一定条件下发生的行为，可以通过两种方法来加以避免，一是充分认识到这一行为的不可取，一是在可能的条件下，避开引起这类行为的环境条件。

事实上，犯罪感远不能导致人走向完美的生活，而是恰恰相反。它使人不幸福，使人自卑。正因为不幸福，他便可能向他人提出过分的要求，这样做又阻碍他去享受人际关系中的那种快乐、幸福。自觉卑下，他便会对那些比自己强的人产生嫉恨。他会发现很难去景仰别人，却很容易产生妒忌心。他会变成一个到处不受欢迎的人，会感到自己越来越孤独。对别人大方豁达的态度不仅给他人带来幸福，而且也是自身幸福的一个主要源泉，因为这样做使自己为人们所接受、欢迎。

但是对一个受犯罪感折磨的人来说，是极少可能去采取这一态度的。它是人的自信和自我依靠的结果，它需要一种人的心理的整合，我这么说是指人的本性的各个层次，如有意识、潜意识和无意识层次等共同起协调作用，而不是相互处于无休止的争斗中。要取得这样一种和谐，在多数情况下可以通过明智的教育来做到，但是在教育本身是不明智的时候，要做到这一点就困难了。这种方法是心理分析学家企图去做的，但是我相信，在大多数情况下，病人自己就可以做到这一点，除非在更严重的情况下，需由专家来协助治疗。

虐待倾向

虐待狂的更为极端的形式被认为是一种精神病。有的人假想别人企图把自己杀死或监禁起来，或是欲施于其他形式的严重伤害。希望保护自己免受假想的迫害者的伤害，这种愿望常常使得他们做出暴力行为，因而不得不对这种人的自由加以限制。同其他形式的精神病一样，这不过是一种意向的夸张，一般正常的人当中也并不少见。我不打算讨论那些极端的症状，这是精神病医生的任务。

我想在这里说的是一些比较轻微的症状。因为它们常常是人们不幸的原因，而且由于它们还没有发展到产生明确的精神病症状。因此仍可以由患者自己来治疗，只要他能够正确诊断自己的问题，认识到其根源在于他自身，而不在于假想中的他人的敌视和冷酷。

我们都很熟悉这样一种人，男女都有，根据其自己的述说，他永远是别人忘恩负义、冷酷阴险、背信弃义的牺牲者，这一种人常常极为善于言辞，从他相识不久的人那里汲取同情。常常有这种情况，就他讲的每一件事情单独来看，似乎没有什么不可相信的。他抱怨的那种恶遇有时确会发生，但最后引起听者怀疑的是，他遇到的坏人恶棍是如此之多，这成了他的倒霉噩运。

根据概率理论，生活在一定社会中的各种人，在其生命旅程中受到的恶遇应该是大体相等的。要是一个人根据他自己说的，在他生活的环境周围到处都受到不公正对待，那么很可能原因就在他自己，或者他老是想像那些他实际并未遭受的伤害，或是他无意识中的行为激起了别人难以遏制的愤怒。有经验的人因此便会怀疑这种人，根据他们的述说，常常是受到周围人的虐待。他们往往由于自己缺乏同情心，使这些不幸的人认为人人都在反对他们。

实际上，这个问题是很难解决的，因为同情心的表示和缺乏都会加剧这一问题。

有虐待狂倾向的人，当他发现一个噩运故事被人相信时，便会添油加醋，到后来简直使人难以置信；另一方面呢，当他发现别人不相信他的话，他便把这个作为人们对他冷酷无情的又一个证明。

这种疾患只能通过理解来治疗，治疗要有效，必须把这种理解传达给病者。我写本节的目的是提出一些一般的反省方法，运用这些方法，个人可以诊断自己身上的虐待狂因素，在发现之后予以消除。这是争取幸福的一个重要方面，因为要是我们以为人人都在虐待自己，那是不可能感到幸福的。

非理性的最普遍的形式之一是，几乎人人都有对待恶意的流言蜚语的态度。很少有人会对自己相识的人，有时甚至是朋友，不在背后讲些闲话的，然而当人们听到任何对自己不满的话语时，便会义愤填膺，怒气冲冲。似乎他们从来没有想到过，正像他们在背后议论别人一样，人家也在背后议论他们自己。这还算是一种比较轻微的形式，如再加以夸大发展，便导致虐待狂。

我们希望人人都像我们对待自己一样，对我们抱着温暖的爱和深深的尊重。我们没有想到，我们不能期望别人对我们的评价，比我们对他人的评价更高些，而我们之所以没能想到这一点，原因在于，我们总觉得自己的优点很了不起，而别人的优点呢，如果确实存在的话，也只有非常宽厚的人才能看得到。当你听到有人在背后说你闲话，你会记得自己有 99 次克制住没说出对他的最公正、最恰当的批评，而忘记了在第 100 次时，在毫无戒备的情况下，你自以为是地吐出了对他的真实想法。

你以为这就是对自己长时间克制的报偿吗？然而从他的角度看，你的行为同你眼中他的行为完全一样。你那么多回没有讲他什么，他并不知道，他只知道第 100 次那回你讲出口的话。要是我们都具有这种神奇的魔力，能够一眼看透别人在想什么，我想第一个影响便是几乎一切友谊都将终结。不过，第二个影响倒可能是积极的，因为一个没有朋友的世界是使人难以忍受的，我们应该学会相互去爱，而不需要用一层幻想的面纱把自己蒙蔽起来，说我们原本就没有把对方看得尽善尽美。

我们知道自己的朋友是有缺点的，他们是同我们一样可以为人接受的。然而，在我们发现他们竟以同样的态度对待我们时，却觉得难以容忍。我们期望他们这么认为，我们同其他人不一样，我们是没有缺点的。在我们被迫承认自己有缺点时，就往往把这一点看得过于严重。没有人是完美无缺的，也不要因为自己不是十全十美而不必要地感到烦恼。

虐待狂的根子始终在于对自己优点的过分夸大。对任何一个无偏见的人来说，我应该是当代最伟大的剧作家。然而，出于某些原因，我写的戏很少上演，就是演出了，也并不成功。

这种奇怪的现象该怎么解释？显然，是那些经理、演员和评论家们出于某种原因联合起来反对我。这一理由，对我来说当然很可信，我拒绝向那些戏剧界的巨头们磕头；我没有奉承那些评论家们：我的剧本里反映的是确实的真理，这对于那些攻击真理的人来说是不能容忍的。于是我的非凡卓越的才能得不到承认——凋萎了。

还有那位发明家，他从来也没能请别人来检验他的发明成果，制造商不愿考虑任何革新文明，照旧按老办法生产，那么知识界呢？实在奇怪，他们不是把人家的手稿弄丢了，便是原封不动地退还，那些对他们提出请求的人，不知何故，就是没有反应。

这种现象该怎么解释？显然有那么一种关系密切的小团体，他们只想在这个圈子里分享发明的成果，而不属于他们这一圈子的那个人，他的意见当然不会被听取。

还有那么一种人，他根据事实产生一种真正的悲哀，但是他仅根据自己的体验作出概括，并得出结论：认为自己的不幸说明了世间一切问题。他发现了，比方说，秘密警察的某些丑闻，为了政府的利益而被封锁起来。他几乎找不到任何宣传机构公布这一发现，而那些看上去品德高尚的人却对改正这类错事不屑一顾，这些丑事使他满腔愤怒。事情就算像他说的那样吧，但是，他受到的阻碍、挫折使他产生了这样的印象：一切有权势的人都极力掩盖这些罪行，是因为他们的权力靠此而建立起来的。

诸如此类的问题尤其难以解决，因为他们的看法里有一部分是真实的，那些他个人接触到的事情，较之于更多的他没有直接经历的事情来，很自然地给了他更深的印象。这给了他一种不真实的分寸感，使得那些人对可能是例外的而非典型的事实给予不恰当的过分关注。

虐待狂的另一种较为普遍的牺牲者是某一类慈善家，他老是违背人们的意愿去为他们做好事，在他们没有表示出感激时，便觉得可怕，不可理解。我们行善的动机很少像我们自己想像的那么纯洁。对权力的热爱是阴险的，它有许多伪装形式，而且常常是我们从自己做的、自以为对别人有益的事情中得到的快乐的源泉。

再打个比方，那些提议制定禁烟法的人们期望那些原先是烟鬼的人委派代表来感谢他们帮助自己解脱了这一恶习，他们很可能会感到失望。于是会这么想，他们为公共利益贡献了自己的一切，那些最应该为他们的善行表示感激的人，反倒似乎对这一点的认识最为欠缺。

人们以前在家庭主妇身上也常常能发现同样的情形，她们对那些女仆的道德负护卫的责任。但是现在仆佣问题变得如此尖锐，这样一种对女仆的仁爱关心便较为少见了。

在上层政治界里，也发生这类情况。政治家们渐渐把一切权力集中于自己手里，为了自己能够去完成那些崇高的目标，使得他放弃安逸享受，登上公共生活舞台，到后来却发现人民竟忘恩负义，转而反对起他来了，他感到困惑不解。

他从来没想到他的工作除了为公众服务的动机以外，还有别的什么动机，或是管理公共事务中得到的快乐会这么激励他的活动热心。在大会讲台和党的报刊上常见的言辞，在他看来似乎就代表了真理，他误把党人的雄辩言论当作真诚的动机分析。在憎恨与失望之中，在这个世界从他身边退却后，他也从这世界退隐而去，为自己曾经想去担起的为公众利益服务这一吃力不讨好的任务感到遗憾。

这些例子里提出了四条普遍的准则，如果这些准则的真实性得到充分认识，它们将是预防虐待狂的有效手段——

第一条：记住你的动机并不是始终如你想的那样绝对无私；

第二条：切勿过高估计自己的优点；

第三条：不要指望别人会同你一样对自己那么感兴趣；

第四条：不要假想大多数人存心盯着你，专门想来迫害你。

下面我就这四条依次稍加说明：

对那些慈善家和行政官员来说，对自己的动机持怀疑态度是尤其必要的。这种人对世界或其某一部分应如何发展都自有一套设想，他们觉得要实现这一设想，将对人类或某一地区的人类赐予恩惠。然而，他们没有充分认识到，受到他们行动影响的那些个人也有同样的权力保留他们对世界发展的观点。一个担任官职的人很自信他的设想是正确的，任何别的相反的看法都是错误的。但是他的主观判断并不能证明他客观上是正确的。

此外，他的信念很可能常常不过是一种烟幕，遮掩了他在考虑实际以他为中心的变革时所得到的快乐。除了对权力的爱以外，还有一种动机，就是满足虚荣心。那些代表品行高尚的理想主义者为那些选民的冷言冷语大感震惊，他们认为他不过是在追求名字后面写上委员这一荣耀而已。在竞争结束，有时间静下来思考时，他会发现或许这些喜欢讥讽人的选民是对的。

理想主义把简单的动机披上奇怪的伪装，因此某些讥诮讽刺的艺术并没有对我们那些热心公益的人造成什么妨碍。传统的道德观所灌输的利他主义是人性很难去做到的，那些以此美德为荣的人常常想像自己已经实现了这一难以企及的理想。那些高尚人物的极大多数行为是有自尊动机的，这并不值得使人遗憾。因为，如果不是这样的话，人类就不可能生存下去。

一个人全部时间都用在如何使别人吃饱饭，而忘记自己的饮食，那是要死亡的。当然，他的摄取食物可能仅仅为了使自己获得足够力量再次投入到反对邪恶的斗争中去。但是，令人怀疑的是，怀着这种动机吃下去的食物能否得到充分消化，因为唾液的分泌由此而得不到足够的刺激。所以一个人在吃饭时，最好是出于对食物的喜欢爱好，而不是把花在吃饭上的时间只是当作受到为公众利益服务欲望的激励而已。

在饮食方面适用的也同样适用于其他方面。任何需要完成的事情，只有在某种热情的激励下才能做得好，而没有某种自尊的动机是很难产生热情的。从这种观点出发，我觉得在自尊动机里，应该包括在生物上与个人有联系的那些相关的动机，诸如保护妻儿免受敌人攻击的行动。这种程度的利他主义是正常人性的一部分。但是，传统道德所灌输的利他主义却不属于此，而且实际上极少可能达到。

因此，那些希望对自己的完美道德品行有高度评价的人应该使自已认识到，他们自以为已经达到的那种程度的无私，实际上极少可能真正达到。因此，这种对圣洁无私的努力追求同某种形式的自我欺骗结合起来以后，很容易导致虐待狂的形成。

四条准则中的第二条，即不要过高估计自己的优点。从道德方面来说，我们前面的讨论已就此做了分析说明。但是除了道德品质以外，其他方面的优点也同样不应估计过高。

那个剧本创作从未成功的剧作家，应该冷静下来考虑这一假设，即这些剧本都写得不好，他不应该认为这结论靠不住而拒绝承认。如果他认为这是符合事实的，那就应该像归纳哲学家那样，坦然接受它。的确，历史上有过这种情况，即某人的功绩优点未得到承认。但是比较起世人公认的缺点来，前一种现象要远远少得多。如果某人是时代尚未承认的天才，那么，他不顾世人承认与否，坚持在自己的道路上走下去是很正确的。另一方面，如果他只是一个没有才能的、为虚荣心所驱使的人，他最好不要再坚持下去。如果一个人为创造未被承认的杰作而苦恼不安时，那是无法判断他究竟属于前者还是后者的。

如果你属于前一类，那么你的坚持颇具英雄色彩；如果属于后者，就不免荒唐可笑了。另外有一种测试办法，在你认为自己是个天才，而你的朋友则对此表示怀疑时，不妨试一下，虽然它可能不完全有效，但确有相当价值。

方法是这样的：你是否出于为表达某种思想和情感的强烈行动而创作？还是仅仅为赢得人们的欢呼鼓掌的欲望所激励？在真正的艺术家身上，希望得到人们喝彩欢呼的强烈愿望一般也存在，但那是占第二位的，艺术家首先希望的是去创作出某一件艺术作品，希望这件作品能受到欢迎，但是即使这种欢迎没有出现，也并不会改变他的艺术风格。另一方面，那种把渴望得到欢迎作为首要动机的人，内心并没有表现出某种特别的艺术表现的强烈愿望，因此对他来说，去从事另一完全不同的工作也无所谓。

无论你在生活中从事什么工作，如果你发现别人对你的能力的评价没有像自己评价的那么高，请不要太自信一定是他们错了。要是你这么认为，你很快会陷入这一联想中，以为有一种阴谋在阻止对自己成就的承认，这种想法往往成为生活不幸的源泉。认识到自己的优点并不像自己希望的那么了不起，一时间可能会使人更感痛苦，但是这种痛苦是有尽头的，过了这一点，幸福的生活就又成为可能了。

我们的第三个准则是，不要对别人期望过高。以前，患病的母亲常常希望自己的女儿中至少有一个会彻底牺牲她自己来陪伴护理她，甚至不顾女儿即将出嫁。这一期望于人的利他主义是违背理性的，因为利他主义者的损失比利己主义者所得的要大得多。在和别人尤其是与自己最亲近的人的一切交往中，他们是从自己的角度看待生活的，触及的是他们的自我，而不是从你的角度、从触及你的自我角度来看待生活。不应该期望任何人为了另一个人的生活而改变他的生活主流。

有时可能有这种情况，我们有强烈的感情，甚至认为做出巨大的牺牲也是值得的。但是如果这种牺牲不值得，那就不应去做，因为没有人会为此而受到责备。人们对别人的行为的抱怨，不过是对这个人自我的过分膨胀和贪得无厌做出的合理反应而已。

我们提到的第四条准则是：要认识到，比起你自己来，人家考虑你的时间总要少一些。神经错乱的虐待狂的牺牲者想像，各种各样的人，日日夜夜、无时无刻不在企图去捉弄那些神经不健全的人，但事实上，他们都是有自己的职业和爱好的。同样，神经较为健全的虐待狂的牺牲者则以为一切行动都同自己有关，这种情况实际上并不存在。当然，这种想法满足了他的虚荣心。如果他确实是伟人，这或许是真的。

有好多年，英国政府的行动主要是为了遏制拿破仑。但是一个小人物以为人们一直在关注他，那他就变得有点精神错乱了。比方说，你在一次宴会上做演说，报纸上登出了其他几位演说者的照片，可是并没有你的照片，这该怎么解释？显然并不是其他演说者显得比你更重要，一定是报纸的编辑得到了指令，有意将你略去。为什么他们竟然发出这种指令？显然他们惧怕你，是因为你的地位更显赫。如此这般一想，你的照片漏登这件事倒不是一种轻视怠慢，而成了隐隐恭维。

但是这类自我欺骗是不可能导致真正的幸福的。在你心底里，你会明白，实际情况正相反，而为了尽可能掩盖这一切，你还会作出越来越多的离奇假设来。到后来，企图相信这一切的紧张情绪变得极其强烈。而且由于这些假设里包括这种信念，即你成了被普遍敌视的对象，它们只会起到防卫自尊心的作用，因为他们使你产生非常痛苦的情感，使你感到与这世界格格不入。

以自我欺骗为基础的满足是不牢固的，无论事实多么令人不快，最好还是坚决地、勇敢地正视它，逐渐适应它，在这基础上再着手建立自己的生活。

金钱的崇拜

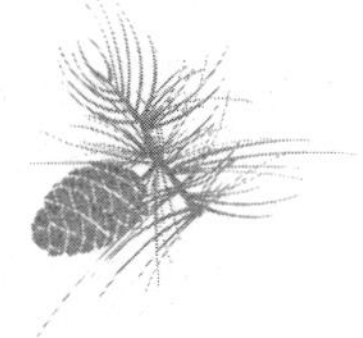

在许多忧郁的现实主义小说家中，忧郁最深的恐怕要算吉辛。他跟他书中的人物一样，生活在高度压迫的重力之下：在可怕而又可爱的金钱偶像的权力之下。他的典型的小说之一是《夏娃的赎身》这一篇小说的女主人公，用了各种可耻的饰词，抛弃了她所爱的穷人而和一个富人结了婚，因为她更爱他的收入。那个穷人觉得富人的收入比较穷人的爱能供给她更丰富的生活，使她成为一个更体面的人物，因此肯定她的做法是对的，而他自己因缺少金钱应该受罚。在这个故事和其他的书中，吉辛相当正确地说明了金钱的真实权力和它对于绝大多数的文明人类所要求的无情的崇拜。

吉辛所举的事实是无可否认的，但是他的态度使有生命热情和有自主愿望的读者产生一种反感。他对于金钱的崇拜和他内心的失败感觉结合在一起。而且在现代世界里，一般说来，因为生活的腐朽才促进了物质的崇拜；物质的崇拜又倒转来加速它赖以繁殖的生活的腐朽。凡是崇拜金钱的人，他不再希望通过自己的努力和行动来得到幸福：他把幸福看成从外界得来的一种被动的享受快乐。一个艺术家或情人在他的热情之中，不崇拜金钱，因为他有专属的愿望，而且他的愿望的对象只有他能创造出来。相反的，金钱的崇拜者绝不能做出艺术家或情人的伟大成就。

自有世界以来，爱钱一直为道德家所指责。我也不愿在这上面再有陈述，但道德家的指责在过去也没有多大的效力。我想说明，金钱的崇拜在降低方面怎样又是原因，又是结果，我们的制度应该怎样改变过来才能使金钱的崇拜发展得少些，而一般的生活力可以发展得多些。成为问题的不是那种当作手段来达到某种目标的对于金钱的愿望。一个奋斗中的艺术家可能为了有空闲可以从事艺术而愿有金钱，但是这样的愿望是有限的，只要有一个很小的数目就可完全满足。我所要讨论的是对于金钱的崇拜：是一种信仰，认为一切价值都要用金钱来衡量，金钱是人生成功与否的最后的考验。多数的男女，嘴里不说，事实上都有这种信仰，然而这和人的本性并不一致，因为它忽视了生命的需要，也忽视了对于某些特殊的生长的本能的倾向。它使人认为和取得金钱相反的愿望是不重要的，而这些愿望，一般说来，对于人的幸福较之收入的增加，更为重要。它从一种错误的关于成功的理论，引导人残害了自己的本性，并且使人羡慕对于人类幸福毫无补益的事业。它促使人们的品格和目标趋于完全一致，降低了人生的愉快，增加了紧张与繁重的感觉，使整个社会变成厌倦、消极和缺乏幻想。

许多人认为，西方进步的先锋——美国，在最完备的形式中表现出金钱崇拜。一个有钱的美国人，他已经有许多钱，可以满足一切合理的需要而绰绰有余，但往往在他的办公室里继续工作，他是这样的卖力，好像不这样地工作就得要饿死的样子。

但是英国，除了一小部分人以外，也和美国一样地倾心于金钱的崇拜。在英国，金钱的爱好，一般说来采取了另一种形式，就是势利地要想维持一定的社会地位，而不是争取无限制地增加收入。男子们延迟结婚直等到他们的收入足使家庭内房间与佣人的数目能和他们的尊严相称。因此他们年轻的时候就需要注意自己的感情，恐怕它们流于轻率：他们养成了一种谨慎小心的习惯，“只怕自己失足”，这样就使一个自由而活泼的生活成为不可能。他们在行动之中想像自己是在保持品德，因为他们觉得要一个女人下嫁一个门第不如她母家的人是一件难事，如果所娶的女子与自己的门第不相当，也降低了自己的身份。本性上的事情是不用金钱来与之比价值的。一个男子因若干年来的擅自约束，或因与他所轻视的女子有了卑鄙的关系而感情的力量已归消失。一个女子，作为惟一的爱情经验，不得不接受这样一个男子的小心而有限的青睐时，彼此认为并没有什么障碍。困难在于女子本身也不知道这是一件难事；因为她也受到必须谨慎的教导，唯恐降低了她的社会地位，而且从小就浸染了一种思想，认为青年女子不应该有强烈的感情。所以这两个结合起来，过着平稳的生活，而对于值得知道的事情一点也不知道。他们的祖先并不因为怕地狱之火而把情感拘束起来，但是他们自己却因为一个更坏的惧怕心理而有效地把自己拘束起来，这就是惧怕他们在世界上的地位会降落下来。

就是那些引导人延迟结婚的动机，也引导人限制他们的生育。专家职业者愿意把他们的儿子送到公立学校里去，虽然在那里所得到的教育并不比拉丁语学校为强，而且他们在那里所结交的同伴只有更坏。但是势利观点认为公立学校最好，这样的判决是没有上诉的。把它们当作最好是因为它们的费用最贵。同样的社会上的挣扎，在各种不同的形式里，行之于一切阶级，除去极高和极低的两端以外。为了这个目标，男女们在道德上作了很大的努力，而且表现了惊人的自制能力；但是一切的努力和一切对于自己的控制，并非用于任何创造的目的，只是把他们内心的生命的源泉弄干了，使他们变为软弱、没精打采和平庸。在这样的土壤里就无法培养出产生天才的热情。人的灵魂将旷野调换成会客室；他们好像中国妇女的小脚一样，变成了拘束、小巧而病态的。就是战争的恐怖也难以使他们从爱体面的悠闲的睡梦中觉醒过来。主要是金钱的崇拜产生了这使人成为伟大的一切事物陷入沉寂的睡眠。

在法国，金钱的崇拜采取了节约的形式。在法国不容易发财，但是得到一笔遗产是极普通的，而且凡是有遗产的，生活的主要目标是守住遗产以便传给下一代，即使不能增加，也应当勿使减少。法国的食利生活者在国际政治上是大势力之一：法国通过他们在外交上得到加强，战争上受到削弱，由于他们增加了法国资本的供给，而减少了法国人力的供给。依照遗产继承法，必须为女儿备就一笔出嫁费，并且应把遗产分给下一代，所以法国的家庭作为一种制度来说比较任何其他文明国家的家庭，显得更有力量。为了使家庭繁荣，必须要保持一个小家庭，而家庭中的个别成员往往为家庭而牺牲。要想传宗接代的愿望使人变为胆小而不敢冒险：只有在有组织的无产阶级中间还存留着勇敢的精神，酿成革命，并且在政治思想和行动方面领导着世界。由于金钱的影响，家庭的力量对于国家来说成为一个弱点，使人口保持不变，甚至还在减少。同是这一个安全的爱好，开始在别的地方产生同样的效果；但是法国在这一件事上，好像在许多其他比较好的事情上一样，她领头带路。

金钱的崇拜出现在德国，要比法国、英国和美国晚近得多，在普法战争以前是几乎不存在的。但是现在正以同样的深度和全心全力来采取它，德国人在信仰方面都是表现出这种态度的。但是，也各有特点，像在法国，金钱的崇拜与家庭结合在一起，而在德国，它是与国家结合在一起的。李斯特在有意反抗英国的经济学家时，教导他的爱国同胞说，考虑经济时应以国家为前提，所以一个德国人从事于发展工商业，他自以为，人家也以为，他是在为国家服务。德国人相信英国所以成为伟大，是由于工业制度和帝国，而我们在这些方面的成功是由于高度的国家主义。他们认为我们在自由贸易的政策上所表现的国际主义，只是一种伪善罢了。他们着手仿效他们认为是我们实际所有的东西，而去除了伪善的部分。我们必须承认他们的成功是惊人的。但是，在这仿效过程之中，他们几乎把德国对于世界有贡献的一切东西全部毁灭，并且他们对于我们中间可能有的优点，没有采取，因为他们既然笼统地斥责我们“伪善”，就把优点给一笔抹杀了。而且他们在采取我们最坏的缺点的时候，加上了我们所幸而没有，而他们所有的系统性、彻底性和一致性，使这些缺点远远地坏上加坏。德国的宗教在世界上非常重要，因为德国人既有一种真实信仰的力量，又有一种精力来达到他们的信条所要求的美德与罪恶。为了世界，同样为了德国，我们必须希望他们不久会放弃他们不幸从我们这里学到的对财富的崇拜。

金钱的崇拜并非新鲜的事情，但是现在它比以往危害更大，其原因有好几个。工业制度，由于从事于它的人目的是为了金钱，使工作更引起厌倦，更紧张，更不能给人快乐和使人发生兴趣。限制家庭的力量，为实行节约开辟了新的园地。教育和自觉纪律的普遍增长，使人们更能不顾诱惑，踏实地追求一种目标，而且当这个目标和生活相违背的时候，采取这个目标的人越坚决，它的危害性越大。由于工业制度而得到的较大的生产力，使我们能把更多的劳动和资本用于陆军和海军来保护我们的财富，以防止我们的邻国觊觎，也用来剥削劣等的民族，那是资本主义制度的一种无情的浪费。由于惧怕失掉金钱所发生的远虑与烦闷，使人把获得幸福的能力消耗掉，而且对遭受不幸的惧怕，比起所惧怕的不幸来，还更为不幸。我们大家都能用自己的经验证明：不论男女，最快乐的人是对于金钱不关心的人，因为他们有某些积极的目标，把金钱驱出门外。但是我们的一切政治思想，不论是帝国主义者、急进派或社会主义者，仍然继续不断地几乎倾全力于人的经济愿望，好像只有它们是真正重要的。

无穷的欲望

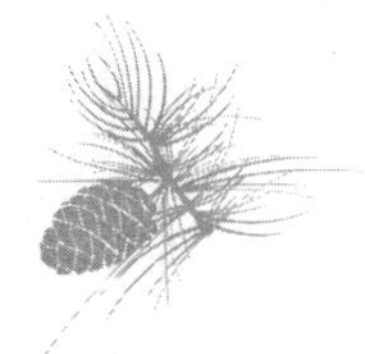

人类与其他动物相区别的一个非常重要的方面便是人类有一些欲望，一些无穷的欲望，这些欲望绝不可能全部得到满足，人类即使在天堂也不会满足。蟒蛇一旦有了丰盛的一餐后便开始睡眠，除非到需要另外一餐之时，否则它绝不会醒来。就人类的绝大多数而言并非这样。当习惯于过节俭生活的阿拉伯人获得了东罗马帝国的大笔财富，住进了几乎令人难以置信的豪华宫殿后，他们并没有因此而变得慵懒。温饱问题不再是动机，因为只要他们一点头，希腊奴隶就为他们提供精美的食物。但是其他欲望使他们生机勃勃。特别是四个欲望，我们可称之为贪婪、竞争、虚荣和权力欲。

贪婪——即希望拥有尽可能多的财富或财富的所有权，是一个动机。这种贪婪是由对生活必需品的需要和担忧引起的。我曾经帮助两个来自爱沙尼亚的小女孩，她们由于饥荒而饿得九死一生。她们住在我家里，当然有足够的东西给她们吃。但她们整个闲暇时间都是到附近的农场去偷土豆，并把土豆贮藏起来。洛克菲勒小时候极其贫困，成名后还是按照小时候的生活方式生活。同样，坐在柔软的拜占庭式沙发上的阿拉伯酋长们不可能忘记沙漠，因而去贮藏一切超出实际需要的财富。但是无论对贪婪的心理分析的情况如何，没有人能否认贪婪是巨大的动机之一，特别在那些更有影响的人中间尤其如此。因为，正如我在前面所说的，它是许多动机之一。无论你获得多少财富，你总希望得到更多；满足是一个老是躲着你的美丽梦想，你是不会满足的。

尽管对财富的渴望是资本主义制度的主要动机，但它绝非在解决温饱问题过程中的最主要动机。竞争是一个比它更重要的动机。在伊斯兰教历史上，一个又一个的朝代相继灭亡了。因为由不同母亲所生的苏丹（伊斯兰教国家最高统治者的称号）的儿子们不能和睦相处，结果内战毁灭了一切。现代欧洲发生了同样的事情。当英国政府非常不明智地允许神圣罗马帝国皇帝出席在斯皮特黑德举行的海军检阅仪式时，皇帝的想法与我们预期的可不一样，他的想法是："我必须得有一支英国那样的强大海军。"我们随后的许多麻烦就是由这种想法造成的。

如果贪婪比竞争更为强烈的话，世界将会是一个比现在更幸福的地方。但实际上，许多人宁愿因毁掉一切而过贫困的生活。正因为如此才导致了目前的征税标准。

虚荣是一种有巨大潜力的动机。任何经常和孩子们打交道的人都知道他们不断地表演一些滑稽动作，并说"看我的"。"看我的"是人们内心深处一种最重要的欲望，它有无数种形式，从做小丑到追求身后的名声。文艺复兴时期有一位意大利的小诸侯，在临终时，神父问他是否有需要忏悔的事。他说："有，有一件事我得忏悔，有一次，国王和教皇来拜访我。我带他们到我家的塔顶观赏风景，然而我却忽略了把他们从塔顶上推下去的机会，要知道，这个机会能给我留下不朽的名声。"历史是不会讲述神父是否给他赦罪文的。虚荣带来的问题之一便是它自身不断地膨胀。你越被人谈论，你就越希望被人谈论。被定了罪的人获得允许看有关审判他的报道。如果他发现报纸没有充分的报道，他就会感到不满。如果在其他报上看到很多有关审判他的报道，他就会对很少报道他的报纸越感到不满。政客和文人们同样如此。他们越有名，报刊等新闻机构就发现越来越难以令他们满意。对所有人而言，从三岁的小孩到眉头一皱、世界颤抖的君主，在人类生活的一切领域，夸大虚荣的影响几乎是不可能的。人类甚至犯了不敬的错误，因为人类认为上帝也有类似于己的欲望，他们认为上帝也渴望得到表扬。

尽管我们仔细考虑的上述动机的影响巨大，但是有另外一种动机比它们更重要。我所指的是权力欲。权力欲是一种近似于虚荣的动机，但与虚荣绝不是一码事。满足虚荣心的是荣誉，而拥有荣誉却不拥有权力是一件容易的事情。在美国，享有最大荣誉的是那些电影明星，但是不享有任何荣誉的“非美活动调查员会”（美国众议院设立的）却能使他们循规蹈矩，服服帖帖。在英国，国王有比首相更多的荣誉，但是首相却有比国王更大的权力。许多人爱荣誉而不爱权力，但是总的看来，这些人对历史事件的影响比那些爱权力而非荣誉的人的影响要小。普鲁克，普鲁士的元帅，一八一四年在看了拿破仑的宫殿之后说：“拥有了这一切，他还要攻打莫斯科，难道他不愚蠢吗?”拿破仑当然也爱慕虚荣，但是一旦虚荣与权力二者不可兼得，他则选择权力。对普鲁克来说，这种选择是愚蠢的。权力和虚荣一样是贪得无厌而无法满足的。简直可以说只有无限或绝对的权力才能完全满足它。特别因为权力欲是那些野心勃勃的人物的缺点，所以他的权力与他的权力欲是不相称的，即他永远不会满足于他的既得权力。权力欲确实是那些重要人物强有力的动机。

对权力的体验增强了这种权力欲动机，这不仅适用于那些细小的权力，而且适用于君主权力。在一九一四年以前的幸福日子里，那些富有的夫人们拥有许多仆人，她们从对仆人的颐指气使中获得的快乐随年龄的增长而不断增加。同样在任何专制统治地区，权力的拥有者由于权力提供的快乐体验而变得越来越残暴，因为权力支配人们的表现是迫使他们做他们不想做的事。在权力欲这一动机驱使下的人更热衷于施加痛苦而非使人快乐。如果你在一些正当的时候，向你的老板请假离开办公室，那么其权力欲使他从拒绝而不是同意你的请假中得到更大的满足。如果你申请建筑许可证，那些有关的低级官员明显地能从说“不行”而非“可以”中获得更多的快乐，正是这种事情使得权力欲成为一种危险的动机。

但是权力欲有吸引人的其他方面。我认为，对知识的追求主要是由权力欲推动的。科技上的所有进步同样是由权力欲推动的，政治上的改革者也许和专制君主一样有强烈的权力欲。总之，诋毁权力欲这一动机将是错误的。在这种动机下，你是做好事还是干坏事，决定于社会制度，决定于你的能力。如果你的能力体现在理论上或技术上，那么你将会在知识或技术方面作出贡献，通常你的活动是有益的。如果你是一个政治家，你也许被权力欲所驱使，但一般这种动机是和观察一些已发生的事态的欲望紧密相连的，因为某种原因你更喜欢现状。一员大将，像蒙施比艾兹将军，对为谁而战是漠不关心的。但是大多数将军更愿为他们自己的国家而战，因此除了权力欲之外还有其他的动机。政客频繁地改变其立场以便能取悦大多数人，但许多政治家喜欢为一个政党而不愿为其他政党服务，并使其权力欲从属于这种偏爱。纯粹的权力欲可以在不同类型的人身上看出来，一种类型是幸运的军事家，在这种类型中拿破仑是最典型的例子。我认为，拿破仑在思想上对法兰西的热爱不会超过对科西嘉岛的热爱。但如果他是科西嘉皇帝，而不自称为一个法国人，他绝不会成为如此伟大的人物。但是，另一些人并非非常典型的例子，因为他们也从虚荣心中得到了巨大的满足感。最纯粹的例子便是格瑞士红衣主教那种人——其权力在君权背后而绝不在公众中显现，并在私下里沾沾自喜：“这些傀儡还不知道谁在幕后操纵。”巴伦·霍斯顿，曾在一八九〇年至一九〇六年期间主宰德意志帝国的外交政策，便是这种类型的极好例证。他住在一个贫民窟里，他绝不在社交界里露面；他避免会见皇帝，除非是某种个别情况即皇帝强行要求会见而不能违抗；他拒绝所有宫廷聚会的邀请，因为他不是朝廷官员。他有法子能敲诈首相或皇帝的许多亲信，他利用这种敲诈权，不是为谋取财富、名望或任何其他而易见的好处，而仅仅是强制推行他所喜爱的外交政策。在东方，同样的人物在太监中间也不少见。

第三篇　怎样拥有快乐人生

渴望的热情

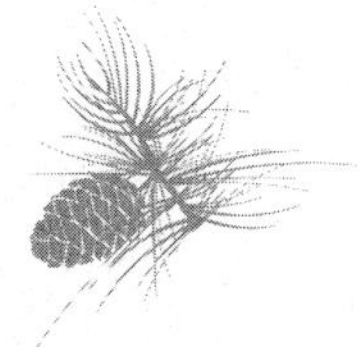

在这里我想就我认为似乎是幸福者最普遍、最显著的标记——热情，花点笔墨。

理解热情含义的最好方法，也许是观察人们坐下来吃饭时的各种不同的行为。对有些人来说，吃饭是件惹人厌烦的事，哪怕是美味佳肴，他们都会觉得索然乏味，他们吃过山珍海味，或许餐餐如此，他们从不知道挨饿的滋味，而把吃饭仅仅看作是天天都要重复的刻板之事，由社会风俗所规定。

如同别的一切事情一样，吃饭令他们感到厌倦，然而抱怨是毫无用处的，因为没有别的事情比它少让人厌倦些。接下来便是病人，他们吃饭是为了完成一项任务，因为医生告诉他们，为了恢复体力，进补些营养物是必要的。还有美食家们，进餐前，他们满怀厚望，结果发现没有一道菜烧得是合格的。还有饕餮之徒，他们饿鬼般地扑向食物，狼吞虎咽，结果长得太胖，爱打呼噜。最后还有这样一些人，他们进餐前食欲极佳，对眼前的食物很满意，吃饱之后便让嘴巴休息。

面对人生宴席所奉献的珍馐，人们会有上述种种相似的态度，幸福的人对应于最后一种进餐者。热情与生活的关系，就好比是饥饿与食物的关系。厌烦吃饭者与拜伦式的不幸福的牺牲品相当；有任务观的病人对应于苦行者；饕餮之徒与骄奢淫逸者呼应；而美食家则对应于爱挑剔者，后者将生活的一半乐趣指责为缺乏美感。

奇怪的是，大概除了饕餮之徒外，所有这些类型的人都鄙视具有良好胃口的人。认为自己是优越的。因为饥饿而享用食物，或者因为生活绚丽多彩、乐趣无穷而去热爱生活，这对他们来说似乎是庸俗的。他们站在幻灭的顶峰，而对他们认为是头脑简单的人横竖瞧不起，我个人并不赞同这一观点。从着魔状态中超脱出来，不管其形式如何。对我来说都是有害无益的。不错，某种情形会使得这种超脱不可避免地发生，但是，一旦它发生了，就得尽早地克服，而不应视它为智慧的更高形式。

倘若某个人喜欢草莓，而另一个则不喜欢，那么后者优越在什么地方呢？这里不存在草莓是否好坏的抽象和非个人的证明，爱吃的人说它们味道好极了，不爱吃的人则说它们味同嚼蜡。然而，爱吃草莓的人比另一人多了一种快乐，就这点而言，前者的生活充满了更多的乐趣，他更完美地适应了这另一个人也得生活于其中的世界。

在这一小小的例子中是确凿的东西，在更为重大的事情中也同样是确凿的。爱欣赏足球赛的人，就在该方面胜过不爱欣赏足球赛的人，而喜好读书的人，则远胜于厌恶书本的人，因为，比起看足球赛来，阅读给予的快乐要频繁得多。

一个人的兴趣越广，他拥有的快乐机会就越多，而受命运摆布的可能性也就越小，因为如果他失去了某一种兴趣，他便可转而依赖另一种。生命短暂，人们不可能事事都感兴趣，不过对尽可能多的事物感兴趣却是一桩好事。我们都容易染上内省者的弊病，世界向他吐现出千姿百态的景象，但他却别转脑袋，专注于内心的空虚，我们可不要以为，内省者的忧郁有什么了不起之处。

从前有两台制造香肠的机器，它们结构精美，专用来将猪肉制成鲜美无比的香肠。其中一台机器对猪肉保持着不衰的热情，并生产出无数的香肠；另一台则说："猪肉和我有什么关系？我自己的工作比任何一块猪肉都要有趣和神奇得多。"它拒绝了猪肉的光临，开始研究自己的内部。而一旦天然食物被剥夺，它的内部便停止了运转，它越是研究，这内部对它来说似乎越发的空虚和愚蠢，所有这些进行过美妙转换的部件竟纹丝不动了。它真不明白，这部机器究竟能做些什么。

这第二台制肠机就像是失去热情的人，而第一台则好比保持着热情的人。

心灵是一架奇特的机器，它能以最令人惊讶的方式将给予它的材料结合起来，但是，没有了来自外部世界的材料，它便是软弱无力的。而且心灵与制肠机不同的是：它必须自己为自己获取材料，因为事件只有通过我们对它们所发生的兴趣才能成为经验，倘若它们不能激发我们的兴趣，我们便不会去利用它们。因此，一个注意力向内的人觉得一切都不值得他去注意，一个注意力向外的人，在他偶然审视他的灵魂的瞬间，就会发现那些极其丰富、有趣的各类成分被解析和重新组成美妙或有教益的模式。

热情的形式数不胜数。人们也许记得英国小说家柯南·道尔爵士在小说中所塑造的夏洛克·福尔摩斯，一次他碰巧看到路上有顶帽子，他捡了起来，对它打量了一番后说，帽子的主人因为酗酒而毁了自己的前程，他的妻子也不像以前那般迷恋他了。如此普通的物品便能引起极大的兴趣，对这样的人来说，生活将永远不可能是无聊的。在乡村野外的散步途中，有多少不同的东西能引起人们的注意。某个人或许会对禽鸟感兴趣，另一个则关心草木，还有人留心地质，更有人注意农事，等等。如果你感兴趣，那么其中任何一项都是有趣的，其他的也一样。

一个人，只要对其中的一种东西感兴趣，就比对什么都不感兴趣更好地适应了这个世界。

同样，对待同胞，不同的人，其态度的差异何止天壤之别！在一次长途火车旅程中，一个人会对其同车的旅客视而不见，而另一个则会对他们进行归纳，分析他们的性格，并对他们的境况作出相当准确的猜测，甚至他也许会弄清其中几个人的最隐秘的历史。人们在弄清别人方面所表现出来的差异，也相同地反映在人们对别人的感觉之中。有些人总发现几乎每个人都让自己受不了，而有些人则会很迅速、很容易对那些与自己接触的人产生友好的感情，除非有某些明确的原因才会有别的感情。再以旅行为例：有些人行踪遍及好多国家，他们总是去最好的旅馆，吃的食物与他们在家时吃的完全一样，约见那些他们在家里见到的相同的富翁们，谈的话题也与他们在自家餐桌上谈的雷同，这些人回家后只为结束了昂贵旅行的烦恼而感到如释重负。而另外一些人，不管他们去哪儿，他们发现那些特别的事物，并结识当地的典型人物，观察任何有历史或社会意义的东西，品尝当地的食物，学习当地的风俗和语言，回程时携带着丰富的新材料，给予夜晚无限的遐想。

在所有这些不同的情形中，一个对生活具有热情的人要胜过没有热情的人，对于前者，即便是不愉快的经历，它们也不是一无用处的。我为见过一群中国人和一处西西里村子而感到高兴，虽然我不能说当时的心情是极为愉快的。

爱冒险的人喜欢船只失事、兵变、地震、大火灾和所有诸如此类的不愉快经历，只要它们不危害其健康。以地震为例，他们对自己说："地震原来如此！"由于这桩新鲜事增加了他们对世界的认识，因而这使他们感到愉快。要说这些人不受命运的摆布可并不正确，因为如果他们失去了健康，很可能在同时他们也会失去热情的，但这也并不一定都是如此。我曾认识一些人，他们长年累月，受尽折磨，但直到临死的最后一刻，他们仍保持着热情。

有些疾患能摧毁人的热情，有些则不然。我不知道生物化学家现在能否区分这两类疾患，也许当生物化学取得了更大的进展后，我们都会有机会服用确保我们对一切感兴趣的叶片。不过在此之前，我们不得不依赖对生活的常识性观察，来判断哪些因素使得一部分人对一切都感兴趣，而使另一部分人对一切都不感兴趣。

热情有时是一般化的，有时是专门化的，可能非常专门于某一方面的。鲍洛的读者也许还记得那位出现在 19 世纪英国作家、旅游家的《拉文格罗》中的人物，他失去了钟爱的妻子，曾一度感到生活万般无聊。但他是个茶叶商，为了忍受生活的不幸，他毫无外援地自学并阅读经他手中而过的茶叶箱上的中文说明，结果，这给他带来了新的生活乐趣，也开始饥不择食地研究一切与中国相关的东西。

我曾认识一些人，他们专心致志，竭力搜寻一切有关罗马帝国时期的一个密传宗教诺斯替教左道邪说的东西，又有一些人的主要乐趣便是整理、校对 16、17 世纪英国唯物主义哲学家霍布斯的手稿和其著作的早期版本。

要事先知道一个人将会对什么感兴趣是决不可能的，不过大多数人能对这件事或那件事怀有强烈的兴趣，一旦这种兴趣被激发，那么他们的生活就会从沉闷、单调中解放出来。然而，比起对生活的一般热情来，非常专门的兴趣，作为幸福的源泉令人感到不够满意，因为后者很难填补一个人所有的岁月，并且总存这样一种危险：他或许在某一天全部知晓那已成为其爱好的某一特殊事物，而这又使他感到索然无味。

必须记住，在不同的进餐者中，包括了我并不打算赞美的饕餮之徒。读者或许会这么想，我们前文所称赞的具有热情的人，与饕餮之徒并无界线分明的差异。现在，我们应该更明确地区分这两种类型。

众所周知，古代人视节制为一大美德。在浪漫主义和法国革命影响下，这一观点遭到大多数人的抛弃，而支配一切的激情则得到了赞美，即便这种激情是毁灭性的和反社会的，如拜伦式的英雄们所具有的。不过，古人无疑是对的。在完美的生活中，各种不同的活动之间必须有一种平衡，没有一种活动被推至极端，以至于其他活动都展开不了。饕餮之徒舍弃其他一切欢快，惟求口腹之乐，这样他们生活的总的幸福便减少了许多。

除了吃喝之外的其他许多激情都会犯相似的过度之病。约瑟芬皇后在服装方面是个饕餮之徒，起初，拿破仑虽颇有微词，但总为她付账，最后，拿破仑告诉她必须学会节制，他将来只为她付数额合理的账单。当约瑟芬收到下一张账单时，她竟不知所措，但她很快想出了一条计策。她去找军事大臣，要求他从打仗的款子里取出一部分，以付清她的账单。因为那大臣清楚，皇后有权削革其职，所以他照办不误，结果法国失去了热那亚。

这故事真实也罢，夸张也罢，它同样适合我们的目的，因为它向人们表明：一个有条件嗜好服装的女人，她是会有一些惊人的作为的！嗜酒狂和追男狂便是同类中的最好例证。

这些事情的根源是相当清楚的，我们所有不同的爱好和愿望必须适合生活的总框架，如果它们要成为幸福的源泉，它们就得与健康相一致，与我们所爱者的情感相一致，与我们生活于其中的社会关心相一致。有些强烈的爱好几乎可使人无限度地沉溺于其中而不致逾越界线，有些则不然。以一个爱下棋的人为例，如果他是个有独立经济来源的单身汉，那么他不必对这一强烈的爱好有什么限制。如果他有妻儿，又无自立的能力，那么他必得对此多加限制。即使嗜酒狂和饕餮之徒没有社会的束缚，从注重自身的利益出发，他们也是不明智的，因为他们的嗜好与健康相冲突，片刻之欢留下的将是无尽的病痛。

任何不同的强烈爱好，如果不让它们成为痛苦的根源，就必须让它们处于由某些特定的东西所构成的框架之内，这些特定之物是：健康，对自身才能有总的把握，有支付必需品的足够收入，以及最根本的社会义务，如对待妻儿。一个人如果为下棋而牺牲上述种种特定之物，他在根本上便和嗜酒狂一样糟糕。我们对这样的棋迷没有严加谴责的惟一原因是：这样的人并不多见，且只有才能非凡的人可能钟情如此高等的智力娱乐。希腊节制的准则实际上可运用于这些事情上，一个白天干活时便想到晚上的棋盘的棋迷是幸运的，但是一个为了整天弈棋而丢下工作的棋迷就丧失了节制的美德。

据记载，在托尔斯泰年轻的灵魂未得再生的时候，他因其战场上的英勇表现而被授予陆军十字勋章。然而到颁发奖章的那一天，他却沉溺于一盘棋而竟决意不去出席授奖仪式。在这件事上，我们很难说托尔斯泰有什么过错，因为对他来说，他是否赢得了陆军勋章实在是无关紧要的。不过要是小人物这么做了，那或许就成了一件傻事。

作为对前面提出的准则的限定，那就应该承认，有些行为被看得如此高尚，以至于为它们牺牲所有的一切都是合情合理的。一个为国捐躯者，如果撇下妻儿，一文不名，他是不会受到指责的。人们也不会指责因期望某项重大科学发现或发明埋头于实验，而使全家困苦不堪的人——条件是他最后获得了成功。不过，如果他从没有在他期望的发现或发明中得到成功的话，大家会说他是个怪人。这看上去有失公允，因为在这一事业中，没有人能事先知道成功与失败，在基督纪元的最初千年内，一个追求圣徒一般生活而抛下其家庭的人备受人们的赞誉。虽然在今天，人们认为他该给家里准备点什么。

我想，在饕餮之徒和胃纳健全者之间总存在某种根深蒂固的心理差异。一个充分发展了毕生欲望的人，往往具有某种年长月久的苦恼，他时刻在寻求躲避无法摆脱的忧惧。这在嗜酒狂的情形中是显而易见的，人们喝酒是为了遗忘，如果他们的生活中不存在忧惧，那么他们不会以为烂醉如泥比神志清醒更令人惬意。正如一位传说中的中国人所言：“要么滴酒不沾，要么一醉方休。”这正是所有过度和单一的强烈爱好的典型。

在这样的爱好中，被追求的不是乐趣，而是忘却。然而以酒鬼方式获得的忘却，迥然不同于发挥合乎需要的才能所取得的忘却。鲍洛那位自学中文的朋友，也是为了忍受丧妻的悲痛而去寻求忘却，不过其忘却却得自于一项毫无害处的活动，不仅如此，这项活动还丰富了他的智慧和见识。除了这样的躲避方式之外，其他的一切都是不值得提倡的。

真正的热情是人类天性的一部分，除非它已让种种不幸给扼杀了。小孩子对他们所见所闻的一切都感到新鲜。对他们来说，世界充满了新奇。他们总忙于对知识的热烈追求，当然这种知识与学者们的天差地远，前者来自于孩子们对引起他们注意的事物的熟悉过程。只要身健体壮，小动物即使长大了，也会保持其热情。

一只待在陌生房间里的猫是不会躺下休息的，除非它嗅遍了每个墙角，而没有闻到丁点耗子味。一个从未受到重大挫折的人，将保持对外部世界的天生兴趣，只要他保持这一兴趣，他就会发现生活是快乐的，除非其自由受到了不适当的限制。

在文明社会中，热情的丧失大多是因为自由受到了限制，而这类限制在生活中是不可少的。原始人感到饿了，他便去打野味，这自然是听命于直接的行动。一个每天早上按时上班的人，在根本上也受同样行动的驱使，即：为了生存的需要。不过在后者的情形中，这一行动不是直接的，也不是即时即刻产生作用的，它是间接地通过抽象词语、信念和意愿发生作用的。当一个人去上班的时候，他并不感到饥饿，因为他刚刚吃了早点，他仅仅知道饥饿在将来会再度降临，而工作就是解救未来饥饿的手段。

行动是毫无规律的，而文明社会中的习惯则是有规律的。在原始人中间，甚至集体的活动都是自发的和冲动的。当部落要去打仗时，钟鼓便振奋军威，激起斗志，群情高昂，激动着男女老少从事必要的活动。而现代事业则不能这么处理。

在生活中，文明人每时每刻都受累于那些对冲动的约束。如果一个人碰巧感到欣喜，他可不能在街上唱呀跳的，而如果他正感到悲哀，他又不能坐在台阶上流泪哭泣，怕妨碍行人交通。年轻时，他的自由在学校遭到限制，成年时，他的自由又在工作时间内受到束缚。所有这些都使得热情更难以维持，因为不断的约束会让人产生疲乏和厌倦。尽管如此，一旦对自发的行动不加约束，一个文明的社会便不复存在，因为自发的行动仅仅造成最简单的社会合作，而不能产生复杂的合作。

为了逾越这些抑止热情的障碍，一个人需要健壮的体魄和旺盛的精力，或者，如果他幸运的话，他有一项他感兴趣的工作。

从统计数字来看，在以往的一百年中，所有文明国家的健康状况都得到了改善，但人的体力却较难衡量。不过我怀疑，现在健康者的体力是否与先前的一样强劲。在很大程度上，这是一个社会问题，因而，我不打算在这里就此追本溯源。然而这一问题也有个人的和心理的一面，我们已作了探讨。

有些人不顾文明生活的种种障碍而维持其热情，而其他许多人，只有当他们从耗费了大量精力的内心冲突中解脱出来时，他们才能做到这一点。比起必要的工作来，热情要求更多的精力，这反过来又要求心理机器的平稳运转。

在女子方面，虽说现今比以往要好些，但在很大程度上，女子的热情由于受不正确的体面观的影响而大大减退了。女子对男子颇感兴趣，或在大庭广众活泼有余，都会被认为是不受欢迎的，女子学着不对男子产生兴趣，而且她们往往对一切不感兴趣，或许除了行为端正以外。

传授这一对生活采取消极和回避的态度，无疑是在灌输某种对热情有害无益的东西，也无疑是在鼓励某种对自身的过分专注——这是极讲体面的女子的特征，那些没有受过教育的尤为如此。她们对普通人感兴趣的体育漠不关心；对政治不闻不问；对男子，她们持一本正经的冷淡态度；对女人，她们暗中抱敌视态度。她们深信，其他女人决没有她们那么体面和规矩。她们炫耀说，她们独善其身，换言之，她们对同胞的冷漠在她们自己的眼里倒成了一种美德。当然，人们不能为此而指责她们，因为她们也仅仅是在接受道德说教。然而，作为压抑制度的值得怜悯的牺牲品，她们却没能认识到那种制度的罪恶。

对这样的女子来说，胸襟狭窄是美德，慷慨大方倒成了罪恶。在她们自己的社交圈内，她们尽可能地扼杀欢乐；在政治方面，她们迷恋压制性的法规。幸好这类人渐渐地少了起来，但是，她们较之于那些生活于思想解放的圈子里的人士所料想的仍要多出许多。如果有人怀疑这一说法，我则建议他去几幢供出租的房屋那里找个住处，并在找房的过程中，留心一下那些女房东，于是他便会发现，那些女人具有一种女性美德意识，这一意识从根本上包含了对生活热情的摧残。还会发现，由此造成的结果便是其心胸萎缩和扭曲。

合理的男子美德和合理的女子美德之间不存在差别，或至少没有传统所说的那种差别。热情是幸福与健康的秘诀，对男人来说是这样，对女人也同样如此。

取舍的智慧

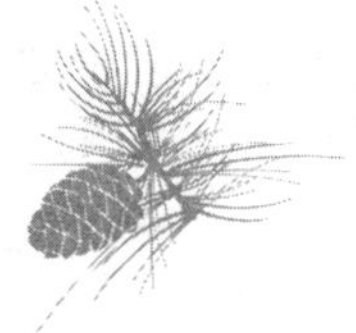

中庸之道是一种乏味的学说，我记得当我还年轻时曾对此拒不接受，并对此轻蔑和愤慨，因为那时候我崇拜英雄式的极端。不过，真理并非总是有趣的，尽管有许多东西得到人们的信仰，是因为它们有趣（虽然事实上很少有别的依据能为此佐证）。中庸之道便是恰当的例子。它或许是一种乏味的学说，但在许多方面却是真理。必须保持中庸之道的一个方面，与维持努力和舍弃之间的平衡有关。两种主张都有极端的拥护者，持舍弃说的是圣徒和神秘主义者；持努力说的是效率专家和强壮的基督徒。这两个对立的学派各有部分真理，但不是全部的。在这里，我将力图找出一种平衡，还是先从努力这方面入手吧。

除极个别情况外，幸福一般不会像成熟的果子那样，仅仅靠着机遇便会掉进你的嘴里。因为这世界充满了这么多可避免和不可避免的厄运，这么多疾病和心理症结，这么多斗争、贫穷和仇恨，所以想成为幸福者，就必须找到一些方法来对付众多的不幸。在极少数情况下，的确可以不费吹灰之力。

一个性情和善的男子，继承了一大笔财产，身体健康，嗜好简单，他便可以优哉游哉，舒适惬意，全然不知人们乱哄哄在忙些什么；一个生来好逸恶劳的美人，如果她碰巧嫁了一个富有的丈夫而无须她操劳，而且如果婚后她不怕衣带渐紧，那么她一样可以享受懒福，只要她在养儿育女方面也有福气。但这种情形实在不多见。大多数人是不富裕的，很多人的生性也并不随和，很多人有着不安的情绪，使他们不能忍受宁静而有节律的令人厌恶的生活。而健康的福气又不是每个人都能拿得稳的，婚姻更不是幸福的必然源泉。

幸福必须是一种追求，而不是天神的恩赐，在追求中，内部和外部的努力都具有很大的作用。内部努力可能包含了必要的舍弃。因此，我们目前只谈论外部的努力。

当一个人得为生计工作时，努力的需要是显而易见的，不需强调。印度的托钵僧的确不必努力便可生存，他只要捧出他的盂钵来接受信徒的施舍，然而在西方国家，当局并不赞同这种求生之道。而且，西方的气候也不像热而干燥的地方那么令人愉快。无论如何，在冬天，几乎没有人懒到宁可去外面游荡，而不愿意在有暖气的房间里工作。因此，在西方，单是舍弃并不是一条通向幸福的道路。

在西方国家，仅仅温饱的生活不足以带来幸福，因为他们还需要有成功的感觉。在某些职业中，如科学研究，那些并无丰厚收入的人可能获得这一感觉，但在大多数职业中，收入则变作了成功的尺度。在这方面，我们触及了这一题目，即：在大多数情况下，舍弃是合乎需要的，因为在这竞争的世界上，只有少数人才可能取得耀眼的成功。

依照不同的情形，努力在婚姻中既可以是必要的，又可以是不必要的。如果某一性别的人处于少数，像英国的男子和澳大利亚的女子，那么这一性别的人一般无须努力，便可以像他们希望的那样与别人缔结良缘。然而，如果某一性别的人处于多数，那么情形正相反。

凡是研究妇女杂志上广告的人，就不难发现这一显而易见的事实：在女子占多数的地方，倘若她们想要结婚，那么她们就得花费较多的力气和心思。在男子为多数的地方，他们往往采用更利索的方法，如使用手枪。这很自然，因为大多数男子最经常地是处于文明的边缘。如果有一场瘟疫只让男子逃脱而使他们在英国成为多数，我真不知道他们会怎么办，他们也许又得恢复往日殷勤而又豪侠的风度。

为成功地培育孩子而作出的努力和花费的精力大概没人会否认。

那些信奉舍弃和被误称为“精神至上”的生命观的国家，其婴儿死亡率就很高。不依靠世俗的职业，就不可能获得这些东西：药物、卫生、无菌操作、适当的食物等。它们需要有对付物质环境的力量与智慧。把物质视做幻象的人，对灰尘也有同样的看法，而结果却导致了孩子的死亡。

从更一般的意义上说，只要一个人的天生欲望不曾泯灭，那么他将以某种权力作为正常和合法的目标。而这种被期待的权力内容依一个人的主导热情而定：有的人想要控制别人行为的权力；有的人想要控制别人情感的权力；有的人想要控制别人思想的权力；有的人希望改变物质环境；有的人想通过掌握知识来获得权力的感觉。每一件大众工作都包含了对某种权力的欲望，除非它仅仅以营私舞弊而发财为目的。

一个因目睹了人类的悲惨而纯粹为他人感到悲痛的人，会渴望能减轻人类的痛苦。对权力完全冷漠的人，只能是那些对同胞毫无感情的人。因此对权力的某种形式的欲望，作为某些人的部分配备可给予承认，原因在于这些人能创建一个良好的社会。而且只要不曾遭到破坏，权力欲的每一种形式都包含了相关的努力形式。

这在西方人的思想中，或许是老调重弹了，然而西方国家的不少人士在与所谓的“东方智慧”眉来眼去，暗地里偷情，这当儿东方却在抛弃它。对上述那些人来说，我们所说的一切都成问题，倘若果真是这样，那么老调是值得重弹的了。

不过在追求幸福的过程中，舍弃也具有它的作用，而且其重要性不亚于奋斗。虽说聪明的人不愿意在可以战胜的厄运面前偃旗息鼓，但他也不愿意在不可避免的灾难上徒费时间和情感，而且即使这些灾难本身是可以克服的，但只要它们会消耗过多的时间和精力，以致妨碍他追求更为重大的目标，那么他也宁愿屈服。许多人为了一点不遂心的小事便会烦躁不安或者大发雷霆，这样便虚掷了许多有用的精力。即便在追求真正重要的目标中，也不应该让感情陷得太深，以致对可能出现的失败的想法将长久地威胁心灵的宁静。基督教训导人们顺从上帝的意志，即使那些不接受这一说教的人，在其活动中也应贯穿着某种信仰。

在实际工作中，效率与我们倾注于这件工作的感情并不相称。说实在的，感情有时倒是效率的绊脚石。适宜的态度是：尽心尽力，而将结局留给命运。舍弃有两种：一种源于绝望；一种源于不可征服的希望。前者是不好的，后者是好的。一个遭受了彻底失败而对重大成就失去了希望的人，可能学会绝望的舍弃，如果他真的学会了，他便会抛弃所有的重要活动。他可能用宗教词句或苦思冥想才是人类真正目标这一邪说，来掩饰他的绝望。然而不管他使用何种伪装来隐匿他内心的失败，归根结底他是无用的和不幸福的。

而将舍弃建立在不可征服的希望之上的人，则做得完全不一样。不可征服的希望一定是非常庞大而非个人的。不管我个人的活动是什么，我可能败于死亡，或某些疾患；我可能被对手击败；我可能发觉自己走上了一条愚蠢的、不可能成功的道路。在成百上千种情形下，纯属个人希望的破灭将是无法避免的，然而如果个人的目标只是人类的伟大希望的一部分时，那么个人希望的破灭就不会是彻底的失败。

一个期待有伟大发现的科学家可能会失败，或因头部被击而不得不放弃工作，但如果他由衷地渴望科学的进步，而不仅仅是他个人的贡献，那么他便不会像一个纯粹为了自己的研究者那样感到绝望。那些为极迫切的改革而奔波的人，可能会发觉他的一切奋斗都被战争挤到了一边，并且可能被迫认识到他为之工作的事业不可能在他生前有所成就。然而他不必为此而绝望，只要他关切着人类的前途，而不仅仅惦记着自己能否参与。

上面所说的舍弃都是最难的。另外还有一些舍弃，做起来较容易。当然在这种情况下，只是次要的目标受到了阻碍，而人生的大目标依旧展示了成功的前景。例如，一个从事重要工作的人，倘若因婚姻的不美满而心神不定，那么他就是不能在该舍弃处舍弃，倘若他的工作真是让他神魂颠倒的，那么他就应该将这类偶遇的麻烦当作潮湿的天气一样，谁要是对这等麻烦小题大做，那真是愚不可及。

有些人就是不能忍受这些小麻烦，要知道它们可以占据生活的大部分。当这些人误了火车时便七窍生烟，饭煮坏了便横眉竖眼，火炉漏烟时便陷入绝望，洗衣铺没有及时送还他们的衣物时便发誓要对整个工业体系进行报复。这种人在小的麻烦上所空耗的精力足以兴国，也足以亡国。明智的人则不会注意到女仆没有拂去的灰尘，厨子没有煮好的土豆，扫帚没有扫去的污垢。我并不是说他没有采取办法加以补救，只要他有时间，我只是说他不动感情地对待它们。

焦虑、烦躁、恼怒，都顶不了用场。那些强烈地感到这些情绪的人，或许会说他们无法克服这类情绪，而我也不知道，除了我们在前文说及的那一根本的舍弃之外，还有什么可以克服它们的。集中精力于实现伟大的、非个人的希望，不仅能使一个人承受个人工作的失败，或婚姻生活的不幸，而且也使他在误了火车或将雨伞掉在污泥中时做到不焦不躁。如果他生性暴躁，那么除此之外，我拿不准还有其他什么疗法。

一个摆脱烦恼奴役的人，将发觉生活远比他一直生气的时候愉快。熟人们的怪癖，原先委实让他感到厌恶，现在只觉得有趣。当某人第347次讲述火地岛上那位主教的轶事时，他以留神次数的记录自娱，而不想以自己对故事一无所获去转移对方的话题。在他赶早班火车的匆忙间，鞋带断了，他适可而止地咕哝了一下，之后他想到在辽远的宇宙史中这件毫末之事毕竟没有什么了不得的重要性。他求婚时却让一个令人厌烦的邻居的来访所打断，这时他想到所有的人都可能遇上这一不幸。

依靠奇特的比喻和怪异的类似，人们可以无限地从小小的不幸中找到安慰。就我想来，每个人都有自己的一幅图画，一旦有什么东西像是要来糟蹋这幅画时，主人便会恼怒起来。最佳疗法是不要只有一幅，而要有整个画廊，遇到什么情形便挑选什么图画。倘若肖像中有一些是可笑的，那再妙不过了。

将自己看成是悲剧中高尚的英雄，是不明智的。然而这并不意味一个人应该永远把自己当作喜剧中的小丑，那更令人作呕生厌。审时度势地选择合宜的角色需要一点机智乖巧。当然，如果你能忘却自身而不扮演任何角色，那实在令人钦佩和羡慕。不过，倘若扮演角色已成了第二天性，那么你应想到你是在演出全部的节目，所以要避免单调。

许多积极而又活跃的人认为丁点舍弃、一丝幽默便会破坏他们工作的精力，摧毁他们获得成功的决心。照我看来，他们想错了。凡值得做的工作，就是那些不以工作的重要性或一蹴而就来蒙骗自己的人也可以胜任。而那些只有靠了自欺才能工作的人，最好在开始前先学习如何接受真理，然后再继续其事业，因为靠骗人的鬼话来支撑的需要，或早或迟会使他们的工作变得不是有益，而是有害。与其做有害之事，不如什么也不干。

世上有益的工作，一半是用来对付有害的工作。把少许时间用于学会鉴别事实，这不是浪费，因为日后所做的工作便不大可能是有害的，而那些需要自我的一贯膨胀来刺激其精力的人，他们做的工作就不一样了。

如果某种舍弃包含了当事人必须直面自己真相的意愿，这种舍弃，虽然最初令人痛苦，但最终却会给予你一种保护，使你免遭自欺者常有的失望和幻灭。没有什么比天天都竭力去相信某些事情，而它们却一天比一天变得更不可信那样令人疲倦，而久后更令人恼怒的。舍弃这种努力，是获得牢靠而又持久幸福的必要条件。

和谐的人格

永远别对自己说这种话："我没有时间去从事这种心理劳动，我的生活已经忙得不可开交，我得让自己的无意识随它去闹吧。"

当一个人的人格是分裂的时候，没有什么比它更加削弱人的幸福和效率了。为使一个人的人格各部分之间产生协调而花费时间，这是值得的。我并不是说，一个人就需要每天抽出一个小时来进行自我检查。我认为这决不是最佳办法，因为这样做会强化人的自我贯注，而这正是需要治疗的疾患的一部分，因为和谐的人格是外向型的。

我的建议是，一个人应该明确肯定自己理性上应该相信什么，决不让相反的、非理性的信仰不受到质问而进入自己的头脑、甚或左右自己，哪怕时间再短也不允许。这是在人受到引诱回返到婴儿期状态时，同自己展开推理的问题，只要这种推理强而有力，其过程一般是非常短暂的，因此而花费的时间是很少的。

有许多人对理性观念抱厌恶态度，在这种情况下，我这里说的一切就会显得毫不相干、没有什么意义了。有这么一种看法，认为如果允许理性自由表现，它将会压制、去除一切深刻的情绪。据我看来，这种观点是由于对理性在生活中的作用完全错误的认识而引起的。激发情绪的产生并不是理性的任务，尽管它的部分作用可能是去发现某些方法，它们足以防止那些给人的幸福造成障碍的情绪产生。

找出最大限度减少仇恨和妒忌心的方法，无疑是理性心理学的任务之一。但是如果认为在削弱这些热情的同时，也削弱了理性并未加以否定的这些热情的力量，那是一个错误。在热烈的爱情、父母情爱、友谊、仁爱、对科学或艺术的献身精神等方面，理性是绝不会去加以削弱抑制的。理性的人在自己具有以上任何一种或是所有这些情感时，他会很高兴于此，而决不会削弱这些情感的力量，因为所有这些情感都是美好生活的、是既给自己又给他人带来幸福的美好生活的一部分。在这类热情中，完全没有什么非理性的成分，而许多非理性的人所具有的热情则是最微弱的。

不需要担心因为自己变得富于理性而使自己的生活变得单调枯燥。相反，由于理性主要是由内在的和谐组成的，具备了理性的人，在对世界的观察，在运用自己的力量取得外部目标方面，比起那些一直受到内心冲突折磨的人来，要自由得多。

没有什么比把自己禁锢起来更令人呆板迟钝了，也没有什么比把自己的注意和能量转向外部世界更使人振奋高兴了。

我们传统的道德观念不恰当地以自我为中心，而犯罪意识就是这种不明智地把注意贯注到自我身上去的一种做法。对那些还从来没有越过由这一错误的道德观引起的悲观情绪的人来说，理性似乎是不需要的。但是对那些曾经患有此种疾病的人，理性是使治疗有效的必要条件。或许这种疾病是心理发展过程中的一个必要阶段。

我认为，一个依靠理性而超越了这一阶段的人，比起那些从来没有经历过这一疾病或是经过治疗的人来，达到了更高一级的层次。我们这一时代里对理性的普遍憎恨多半是由于这一事实，即没有把理性的运用看作是一种最基本的方法。

一个自我分裂的人寻求兴奋和玩乐，他之需要强烈的热情，并不是出于健全的理性，而是因为这么做使他在短时间里忘却了自己，暂时中止了痛苦的思维。对他来说，任何热情都是一种麻醉，既然他找不到根本的幸福，那么，任何对痛苦的摆脱在他看来只有通过麻醉才有可能实现。但是，这是一种根深蒂固的毛病症状。只要没有这种疾患，那么最大的幸福便来自人体官能的最充分发挥。

在心灵处于最活跃的时刻，在极少有事物被遗忘时，人才能经历最强烈的欢乐。这一点确实是幸福最好的试金石，建立在任何麻醉形式基础上的幸福都是虚假骗人的，难以令人满足的，真正使人满足的幸福是由人体官能的充分发挥，以及对我们生活于其中的这一世界的充分认识相伴随而获得的。

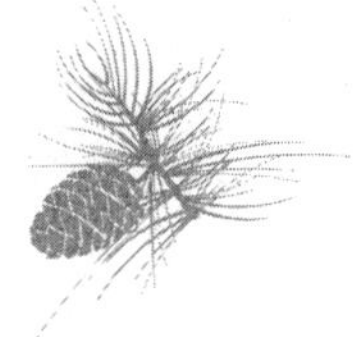

友好的环境

总的来说，除非人们的生活方式、对世界的看法为那些同他们有社会关系的人，尤其是那些与他们共同生活的人所接受，很少有人会是幸福的。

一个具有一定兴趣和信念的人会发现，生活于某一群体中时，自己实际上成了一个被驱逐者，在另一个群体中，则又作为一个完全正常的人而被接受。许许多多不幸，尤其是青年人的不幸，即由此而产生。

一个青年男子或女子接触到某些新思想，但是却发现这些思想在他或她生活的环境中受到诅咒。于是这个青年很容易产生这种想法，把自己所熟悉的惟一环境当作整个世界的代表。他们难以相信，在另一个地方，在另一个群体中，他们因为害怕被认为是大逆不道而不敢申言的观点会被当作普通常识而接受。正是由于对世界的无知，人们经受了许许多多不必要的痛苦，有时只是在青年时期，而不少人甚至整个一生都如此。

这种孤独不仅是痛苦的根源，而且也使人面对敌对环境，为了保持精神上的独立这一不必要的任务，消耗浪费了巨大的能量，在这种情况下，根据一般的逻辑推理，百分之九十九的人会产生胆怯心理，不敢去接受这些思想。

勃朗特姊妹在她们的书出版以前，从未遇到过任何同她们意气相合的人。但是这并没有影响艾米莉。她很勇敢，具有高尚的气质，但是却影响了夏绿蒂，尽管她很有才华，但她的世界观大体上依然属于家庭教师这一类。

布莱克同艾米莉·勃朗特一样，生活在精神极为孤独的环境中，但也同她一样，他的勇气足以抵挡其消极影响，因为他从不怀疑自己的正确和评论家们的错误。

他对舆论的态度从下面几行诗中可以看出来：

> 我曾经和知道的惟一那个人
> 他几乎没有使我呕吐
> 是富塞利：他既是土耳其人又是犹太人
> 因此，亲爱的基督朋友们，你们又如何？

但是没有多少人在他们的内心生活中拥有如此巨大的力量。几乎对所有人来说，同情的环境为幸福所必需。当然，对多数人来说，他们所处的环境是具有同情心的。这种环境把流行的偏见灌输到青年头脑中，使他们本能上同周围到处都接触到的信仰、习惯合拍适应。但是对为数不少的人，其中几乎包括了所有具有聪明才智、艺术才华的人来说，这种默认态度是难以接受的。

比方说，一个人生长于某一乡村小镇，在年纪很轻时就发现自己为一种敌对态度所包围，它对一切有益于心理健康发展的事物都加以敌视。如果他想读一些严肃正经的书，其他孩子就瞧不起他，老师则说这种书是蛊惑人心的。如果他对艺术发生兴趣，他的同辈人会觉得他没有男子汉气质，年长一些的则认为他不正经。不管他向往的职业如何体面，只要他生活的那个圈子里是很少见的，别人就会说他想出人头地，还会说，他父亲干的那一行对他来说才真正合适。要是他稍稍显出一点苗头，企图批评父母的宗教信仰或是政治倾向，他就很可能碰上大麻烦。

由于以上种种原因，对大多数具有特殊才能的青年男女来说，青春期成了一个不幸的时期。对那些更为普通的同伴来说，则是一个高兴快活欢乐的时期，但是前者希望学习更为正经、严肃的东西，而这一切在他们所生长的特定的社会环境中，在他们的兄长或是同代人身上都无法寻到。

当这类年轻人上了大学，他们可能会找到志趣相投者，并度过几年幸福时光。如果他们很幸运，那么在大学毕业后，他们可能会找到这样的工作，这种工作能使他们找到志趣相投的朋友、侣伴；一个有才智的人，在伦敦、纽约一类的大城市中，一般总能找到志趣相投的一群人，在那里他不必故作虚伪束缚自己。

不过要是他的工作迫使他居住在一个更狭小的环境里，尤其是要求他对普通的人们表示出尊敬恭顺，比方说，当一个这样的医生或律师，他或许会发现，在自己整个一生里，都不得不对自己天天见面的那些人隐匿自己的真正兴趣和信念。

在美国，由于土地辽阔，这种情况尤为普遍。在那些极为偏僻的地区，无论是东南西北，都有那么一些孤独的个人，他们从书本上知道，在别的地方，他们会不再感到孤独的，但是他们没有机会到那里去生活，只是难得有机会同人做一次志趣相投的交谈。在这种情况下，对那些气质上比布莱克和艾米莉·勃朗特稍微弱些的人来说，真正的幸福是不可能的。

如果要使幸福成为可能，就必须找到某种方法使舆论的独断专横或得以减轻，或得以消除，只有这样，具有聪明才智的少数人才能够互相了解，并从各自的社交活动中得到乐趣。

在很多情况下，不必要的胆怯使得问题更为严重。有的人显然对舆论很害怕，有的人则对此漠然置之，对前者来说，舆论总是显得更为恐怖专横。一只狗在人们对它表示害怕而不是轻蔑时，它会叫得更凶狠，也更会咬人。人类社会也同样有这一特点。要是你显示出害怕他们，你等于给了别人捕猎追获的机会，而要是你对他们不屑一顾，他们就会开始怀疑自己的力量，因而倾向于对你不加干涉。

当然我不是在提倡极端的蔑视挑战的态度。要是你在肯辛顿持有在俄罗斯很流行的观点，或是在俄罗斯保持在肯辛顿作为传统接受的观点，你得自己为这一后果负责。我考虑的，不是这些极端的形式，而是那些较为和缓的与传统习俗相对的过失行为，诸如穿着不合潮流，不参加某一教派，或是不去读某些智慧之书。

这类过失，如果是情绪轻松地、慢不经心地去做，不是带着挑衅，而是自发随意去做的话，即使在最为保守的社会中也会得到容忍的。渐渐地它就可能取得被默认的精神病患者这样一种地位，允许他去做的事情在别人身上就显得难以原谅了。这多半成了某种好心肠与友善态度的问题。

保守的人为他们与传统的决裂所激怒，多半是因为，他们认为这种决裂是对他们自己的批判。如果一个不因循守旧的人，他能够以友好轻松的态度，向他们，向即使是最愚笨的人说清楚，他并不准备去批评他们，那么他们是会宽恕他的。

但是这种躲避非难指责的方法，对那些兴趣见解完全不可能得到大众同情的人来说，是没有作用的。他们的缺乏同情使得这种人很不安，并且采取一种好斗的态度，尽管表面上他们保持一致，尽量避免尖锐的冲突。因此，那些和自己所处的群体传统习惯不协调的人，往往显得很刺人，不安宁，缺乏广泛的幽默感。同样是这些人，让他们处于另一个别人并不因其观点不同而责怪的群体中，就会完全改变他们的个性，使他们从原来的严肃、羞怯和谦恭转变为愉快、轻松、充满自信；从固执、刚愎，变得平易近人；从以自我为中心变为善于社交，性格外向。

因此，只要有可能，那些发现自己与所处的环境不协调的年轻人，应该积极去选择这样一种职业，这种职业给他们寻找志同道合的伴友提供了机会，尽管这样做可能会损失一大笔收入。由于他们对世界的了解非常有限，他们常常不知道有这种可能性存在，他们会很容易想像，自己在这里已经习惯了的这种偏见全世界都有。在这方面，老一辈的人可以给年轻人不少指导，因为这需要相当的社会经历。

在目前心理分析很盛行的时代，人们往往习惯于这么假定：任何年轻人，如果与周围的环境不协调，原因一定在于他的某种心理失调。我以为这是完全错误的。举例来说，我们假设有个年轻人，他的父母认为进化论是邪恶的，在这情况下，使他失去他们同情的惟一原因便是知识问题。当然，一个人与周围的环境失却和谐是不幸的，但这种不幸并不总是值得花一切代价去加以避免的。当这一环境充满了愚蠢、偏见和残忍时，与它的不和谐倒是一大长处。在某种程度上，几乎在任何一个环境中都存在上述情况。

伽利略和开普勒有过“危险的思想”（在日本是这么说的），我们时代最有聪明才智的人也是如此，以为将社会意识大大发展，让那些人对由他们的思想意识所激怒的社会敌视态度表示恐惧，这是不可取的。值得去做的是，寻找出一些方法来，使得这种敌视尽可能削弱，尽可能失去其影响。

在今天，这一问题主要见于青年人身上。要是一个人一旦处于合适的职业岗位和合适的环境中，他多半可以逃脱社会的迫害，但是在他尚较年轻、他的长处还未经过考验时，他往往处于那些无知者的掌握中，他们以为自己能够对那些一无所知的事情做出判断，当他们知道这么一个年轻小伙子竟然比他们这些有广泛阅历的人懂得还要多时，不禁勃然大怒。许多最终逃出了这种无知独裁的人，经过艰苦的斗争和长期压抑后，他们感到痛苦失望，精神大受挫伤。

有这么一种颇为轻松的说法，似乎天才反正会成功的，根据这种观点，许多人以为对年轻人才能的迫害不会造成多大的危害。但是无论如何，决没有理由接受这种观点，这无疑等于说谋杀终将暴露。显然我们知道的谋杀案都已经被发现了，但又有谁知道，有多少谋杀案人们从来都没听说过呢？

同样的情况是，我们听到的那些天才都是在战胜逆境后才取得成功的，但是没有理由说，许许多多的天才不是在青年时期凋萎消失的。

此外，这不仅是个天才问题，还是一个才能问题，这对社会也是同样需要的。而且这不仅仅是个出头冒尖的问题，又是一个既出头又冒尖但又不受失望、能量不遭削弱损伤的问题。基于以上种种理由，不应该对青年的发展横加阻拦。

理想的情况是，老年人应该尊重青年人的希望与追求，但要求青年人去尊重老年人的希望追求，却是不足取的。理由很简单，因为在上述任一情况下，是青年一代，而不是老一辈的生活需要关注。不过，当青年人企图去干涉长辈的生活，如反对丧失配偶的父母再婚，这同老一辈企图去干涉青年人的生活一样是错误的。无论老人还是青年，到了不惑之年，都有权做出自己的选择，如有必要，还有犯错误的权利。

如果劝告年轻人在任何大事上都应屈从老一辈的压力，这是不对的。比方说，你是个青年，很想学习舞台表演，父母表示反对的理由是，做演员不光彩，或是社会地位低下，被人瞧不起，他们可能会施加种种压力迫使你就范，他们会说，如果你不听他们的劝告，就把你赶出去；他们说你过不了几年肯定会后悔的；他们会举出长长一大串事例来说明，那些年轻人因为匆忙草率做出自己的选择，结果落得个不幸的下场。他们认为舞台演出并不是适合你的职业，这当然可能是对的，或许你没有表演才能，音乐不好。如果是这样，那么你不久就会从演员身上发现这一点，你还有足够的时间另择职业。

父母的意见不应成为自己放弃努力的主要理由。如果不管他们怎么说，你依然坚持自己的追求，他们很快就会转变想法，而且这种转变比你或他们自己料想的来得还要快些。

另一方面，如果你听到那些内行的人不支持你这么做，那就是另外一回事了，因为这种内行的意见对初学者来说是值得听取的。

我觉得，一般说来，除了专家们的意见以外，人们对他人的意见是过于关注了，而且无论事大事小都这样。在不受饥饿、不犯法入狱这类事上，我们当然应该尊重舆论意见，但是除此以外，在任何事上都对那种不必要的专横独断意见表示自愿屈从，这就很可能在种种方面影响人的幸福。

我们以消费为例，许多人花钱的方式同他们自己的喜好兴趣大相径庭，只是因为他们有这种想法，以为要赢得邻居的尊敬，就看自己能否拥有一辆漂亮的小汽车、能否办得起盛大宴请。其实，任何一个有钱买得起汽车的人，如果他宁愿徒步走路，或是去办个图书馆，比起他那些人人都那么去做的事情来，最终会受到人们更大的尊敬。

当然，我们不必有意去嘲弄舆论，这样将在一种更混乱的情况下，被置于其控制中。但是对它采取真诚的不偏不倚的冷淡态度，就会成为幸福的力量和源泉。一个由这样的男女组成的社会，他们对传统习俗没有过分的屈从，这比起人人行动划一的社会来更加丰富多彩。当每一个人的个性都得到了发展，各种类型的特征都得到保留，这就使我们值得去会见各色新人，因为他们不是我已经见过的人的翻版而已。这曾经是贵族阶层的一个特权，他们的出身决定了他的地位，允许其做出各种怪僻无常的行为。

在现代世界，我们正在失去这种社会自由的基础，因此很有必要清醒地认识到这种一致性的危险。我并不是说人们有意去做出什么怪僻行为来，这同因循守旧一样是无意义的。我只是说，人应该顺乎其自然，只要他自发的兴趣爱好不是反社会的，就应让其自然流露表现出来。

在现代世界，由于交通工具的创造发明，人们不必再像过去那样，仅仅与自己的近邻来往了。那些拥有汽车的人可以把方圆二十英里内的任何人看作自己的邻居。因此他们比过去有更多的机会来选择自己的朋友。

在一个人口聚居的地区，一个人如果在二十平方英里内找不到志趣相投的朋友，那一定是很不幸的。在人口密集的中心，一个人应该熟悉自己的隔壁邻居的观念已经消失，但是在小城镇和农村地区依然存在。这已经成了一种愚昧的观念，因为在现代社会交往中已经没有必要依靠近邻了。

现在根据人的志趣爱好、而不仅仅根据地理位置来择友的可能性越来越大。与志趣、见解相同者的交往，增进了人的幸福。可以预期，社会交往有可能进一步朝着这些方向发展，在这种情况下，现在还在困扰着许多不墨守成规的人们的孤独会逐渐消去。无疑，这一定会增进他们的幸福，但是这对现在那些通过任意摆布他们来得到快乐的因循守旧者来说，这样做肯定会削弱其虐待狂的快乐。

不过，我想这种快乐我们是没有必要大加关心、予以保护的。

对舆论的恐惧，同其他形式的恐惧一样，是压抑性的，它阻碍人的发展。只要这种恐惧心理仍然很强烈，就很难取得任何伟大成功，更不可能取得精神自由，而真正的幸福即源于这种自由，因为只有当我们的生活方式是出自于自己深刻的冲动刺激，而不是出于碰巧成为我们邻居、亲戚等人一时的趣味爱好时，才有可能得到幸福。

对近邻的恐惧无疑比过去减少了，但是现在又有了一种新的恐惧，即对新闻报纸的恐惧。这同中世纪对行巫者的搜捕是一样令人可怕的。

当报纸找一个或许与人无害的人做替罪羊时，其结果是非常可怕的。幸运的是，绝大多数人通过默默无闻摆脱了这一命运，但是随着宣传手段的日益改进完善，这种社会迫害新形式的危险性也就越来越大。这对作为其牺牲品的个人来说，绝不是一桩靠蔑视就可以解决的事情，不管人们对新闻自由的原则怎么看，我认为应该制定出比现存的诽谤罪更为严厉的法律来，任何使无辜者生活难以忍受的事情都应予以禁止，即使他们偶然做了或说了某事，也不允许恶意地渲染、公开而使他们蒙受不名誉。

然而，根治这种邪恶的惟一办法是，公众方面应采取更为宽容的态度。加强容忍态度的最好办法在于，使这样一类个人的数量大大增加，他们享受着真正的幸福，因此不会把对人类同伴的痛苦折磨作为自己的主要快乐。

道德的约束

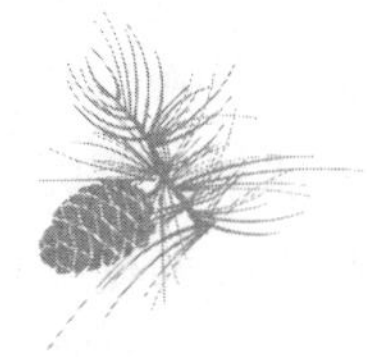

道德的实际需要是从欲望的冲突中产生的，不管它们是不同的人之间，还是同一个人在不同时期，甚至在同一时期的欲望。一个人既有喝酒的欲望，又想胜任第二天的工作。他如果采取一种使自己的欲望在几方面都稍微满足一下的方针，我们会认为是不道德的。生活放纵或行为卤莽的人，即便损己而不害人，我们对他也不会有什么好感。18 世纪英国伦理学家、法学家、资产阶级功利主义的主要代表边沁认为全部道德可以从“开明的自私自利”中获得，并且认为始终为自己的最大满足而行动的人，从长远看是始终行动正确的人。我不能接受这种观点。历史上曾有暴君看到滥施酷刑而倍觉欢乐，当他们谨慎地饶恕牺牲者一命以便日后更残酷地加以折磨的时候，我是不能为他们唱赞歌的。不过，在其他条件都相等的情况下，谨慎还是高尚生活的一部分。连鲁滨逊有时也要实践勤勉、自我控制和先见之明。这些当然算是道德范畴的品质，因为它们不以损人为代价就增进了自身的绝对满足。这样的道德在少年儿童的教育中起着很大的作用，因为他们几乎是不会考虑将来的。如果在以后的生活中他们能更多地实践这种道德，世界就很快变成乐园了，因为这就足以制止战争。但是，谨慎虽然重要，却不是道德中最有趣味的内容。它也不是道德中引起智力问题的因素，因为它只需要诉之于对本人利益的关心，此外什么也不计较。

如果高尚生活是由受激励和受知识导引的，那么，任何社会的道德法典不是最终的和自我完备的，而是必须接受检验以考虑是否受智慧与仁慈的支配，这一点就很显然了。道德法典并不总是完美无缺的。阿兹特克人因为怕太阳的光辉变得暗淡衰微才把吃人肉当作自己痛苦的职责。他们在自己的科学上犯了错误。如果他们对于献祭的受害者还有丝毫爱的话，也许早就察觉到这种科学上的错误了。有的部落怕姑娘照射了太阳光会受孕，就从十岁起把她们在黑暗中幽闭到十七岁。但是，可以肯定我们现代的道德法典与这些野蛮的做法毫无相似之处吗？可以肯定我们禁止的都是确实有害，或者至少是可恶到正人君子都不愿为它们辩护的东西吗？我就不那么肯定。

很显然，具有科学人生观的人，不会满足于说："某种行动是有罪的，如斯而已矣。"他会问这种行动是否有害，或者恰恰相反，相信它有罪倒是真正有害。他还会发现，我们当代的道德，特别是与性有关的，包含着许多纯粹由迷信滋生的东西。他也会发现这种迷信，像阿兹特克人的迷信一样，包含着不必要的残忍，要是人们受仁爱之心的驱使去对待邻里，本来是可以把它一扫而光的，然而，传统道德的卫道士中，难得有几颗温暖的心，这从教会的贵人对于军国主义表现出来的热情中就可以看到。

因为罪人是受到攻击的合法对象，因而不必宽容！

让我们从怀胎到死亡看一个普通人的一生，同时留意迷信的道德在什么地方使他遭受不应遭受的苦难。先从怀胎开始，因为迷信的影响，是特别值得注意的。如果父母不是正式结婚，孩子就烙上了绝不应当受到的污名。如果父母中有一方患有性病，孩子可能就受到遗传，如果孩子已经很多，家庭收入无法抚养，就会出现贫困、营养不足、居住拥挤，还很可能出现乱伦。而绝大多数道德家却赞成父母最好不要用避孕的方法阻止这种苦难，因为有人认为，不以生儿育女为目的的性交是不道德的，相反，只要以生育为目的，哪怕从人类角度讲子女肯定将过悲惨的生活，也是道德的。被人突然宰杀吃掉，这就是阿兹特克族人牺牲者的命运，这比起那些生在悲惨环境中而又受性病感染的孩子来说，他的痛苦程度便望尘莫及了。这就是主教和政客用道德的名义蓄意造成的大苦难。他们要是对孩子们还有丝毫爱或怜悯，就绝不会坚持这套恶魔一样残忍的道德法典。

一般儿童在出生时及婴儿初期，由于经济的原因，受的痛苦更甚于迷信的原因。富有的妇女生了孩子，有医术高超的医生、服务周到的护士、讲究的饮食、最好的休息和适当的锻炼。劳动妇女享受不到这种种优裕的条件，因此她们的孩子常常夭折。民政当局也采取了一点照顾母亲的措施，但是做得十分勉强。就在削减哺乳母亲的牛奶供应以节省开支的时候，民政当局却在车辆稀少的豪华住宅区耗费巨资修造马路。他们必须知道，就在做出这种决定的时候，他们正在把相当多的劳动阶级的子女判处死刑，因为这些子女犯了贫穷罪。但是，执政党是由广大的宗教界人士支持的，他们以教皇为首，曾经担保要用全世界的迷信力量支持社会的不公正。

在教育的所有阶段中，迷信的影响都是灾难性的，不少的孩子都有思考的习惯，而教育的目的之一正是要消灭他们的这种习惯。每当他们提出了不便回答的问题时，他们受到的不是“嘘，嘘”之声，就是惩罚。集体感情经常被用来逐渐灌输某种信念，尤其是民族主义的信念。资本家、军国主义者和传教士在教育上携手合作，因为他们的权力完全依赖于感情主义的流行和批判性判断的趋于绝迹上。在人性的帮助下，教育成功地促进和加剧了普通人的这些倾向。

迷信带给教育的另一恶果是缺乏有关性知识的教育。主要的生理事实应当在青春期以前，当学生们并不激动的时候，简明而自然地教给他们，应当在他们青春期间进行非迷信的性道德教育。应当教导男女青年，只有双方同意的性行为，才是正当的，这恰恰同教会的说教相反，教会认为一经结婚之后，只要男方还想生孩子，性行为就是正当的，不管妻子多么不愿意。应当教导男女青年相互尊重对方的自由，应当让他们感觉到，谁也没有欺凌别人的权利。妒忌和占有欲能够扼杀爱情。应当教导他们懂得，把小生命带到世界上来是件极其严肃的事情，只有孩子的健康、良好的环境和父母的照料都有了可靠保障的时候，才能这样做。但是也应当教给他们节制生育的方法，以便保证他们想有孩子的时候才会生育。最后，还应当教他们懂得性病的危害以及防治性病的方法。在这些方面实施性教育，可能增加的人类幸福将是不可估量的。

应当承认，只要不生孩子性关系便纯属私事，与政府或邻里都没有关系，某些不会引起生孩子的性方式在目前还要受到刑法的处罚，这完全是迷信，因为这事是直接有关双方的事，对他人毫无影响。在已有孩子的情况下，认为尽量阻止他们离婚就一定符合他们的利益，这种看法也是错误的。酗酒成性、刻毒残忍、神经错乱，都是必须离婚的理由，无论是为了子女的缘故，还是为了妻子或丈夫的缘故。

道德准则不应当是使人类本能的幸福无法实现的准则。可是在男女人数很不平衡的社会里，这是严格贯彻一夫一妻制的结果。当然，在这种环境下，人们是会违反道德准则的。

然而，当到了只有大大削减社会幸福才能服从准则的时候，到了违反准则胜似奉行准则的时候，肯定也就是到了改革准则的时候了。如果不加改革，许多行为并不违反公共利益的人，就要面临忍受毁谤或者保持伪善这两种不应有的抉择。教会不在乎伪善，伪善是向教会的权力谄媚的献礼。但在别的地方，伪善已被认为是不应轻率施加的邪恶了。

甚至比神学迷信危害更大的是对民族主义的迷信，是只对自己的政府而不对其他政府忠诚的迷信。但是我不准备在这里讨论这一点，我只想指出，局限于本国的同胞是违背我们认为构成高尚生活的爱的原则的。当然，它也是违背开明的自我利益精神的，因为排他的民族主义即使对于胜利的民族也不会有什么好处。

我们社会受到神学的“罪恶”概念所酿成的苦难的另一个方面，就是对罪犯的处理方法。把罪犯看成是“邪恶”的，“理应”受罚的观点，是理性的道德不能支持的。有些人做社会不允许做的事，对他们尽可能加以阻止，无疑是正确的。我们不妨用凶杀作为其中最明显的例证。显而易见，一个社会如果要团结一致，让我们享受社会的欢乐与好处，我们就不能允许人们一有相互残杀的冲动就这么行动。但这个问题应该用纯科学的精神来处理。我们只要问一问：阻止凶杀的最好办法是什么？如果有两种同样有效的方法，我们应当采取对凶手伤害最小的方法，对凶手的伤害是完全令人遗憾的，就像外科手术的痛苦一样。这两种痛苦可能都是必要的，但不是值得高兴的事，所谓“义愤”的复仇感，不过是残忍的一种形式，绝不能用报复性惩罚的观点来证明罪犯的痛苦是有理由的，如果亲切和蔼的教育能够收到同样的效果，就宁愿采用教育的方法。如果教育的效果更好，那就更应该采用教育。当然，阻止犯罪和惩罚罪犯是两个不同的问题，使罪犯受苦的目的想起来大概是为了起威慑作用。假如监狱办得非常人道主义，使罪犯好像是免费受到良好的教育，就会有人故意犯罪以求入狱了。毫无疑义，监禁必须比自由难受些，但是保证这个效果的最好办法，是使自由比现在有的时候人们感觉到的更愉快些。但是我并不想在此谈论刑法改革，我只是想建议，我们对待罪犯应该像对待受瘟疫折磨的病人一样。两者都是对公众的威胁，两者都应被剥夺自由直到他们不再是威胁为止。然而，瘟疫病人是同情与怜悯的对象，而罪犯却是诅咒的对象。这是很不合理的。正是这两种截然不同的态度，使我们的监狱治愈犯罪倾向要比我们的医院治愈疾病的效果差得多。

完美的情爱

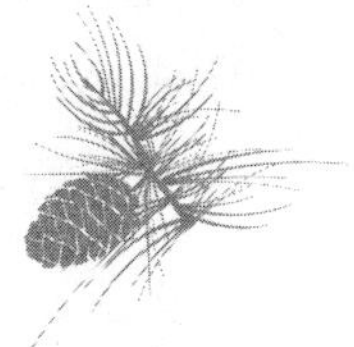

很多人缺乏热情的主要原因之一是感觉自己没有得到别人的爱，的确，被爱的感觉比其他的一切都更大地促进了热情的高涨。出于种种原因，一个人或许会有没被人爱上的感觉，他认为自己是个可怕的人，决不会有人爱上他。还在小的时候，他便习惯于得到比其他孩子少的爱。或者，他根本就是个没有人爱的人。在后一种情形中，原因很可能在于早年的不幸而导致自信的丧失。

一个感到不为人爱的人会因此抱有不同的态度。为了赢得情爱，他也许会不遗余力，做出异常亲善的举动，然而，这么做，他很可能是白费力气，因为这亲善的动机很容易让其受益者识破，而人类的性格偏偏容易将情爱给予那些对此要求最低的人。于是，那种竭力想以乐善好施的行为来换取情爱的人，最终会因人们的忘恩负义而生幻灭之感。他从未想到他试图换取的情爱，其价值远甚于他奉献的物质恩惠，他只是认为两者是持平的，这一感觉便是其行为的基础。

另一种人，当他意识到不被爱时，也许会对世界报复，他要么挑起战争和变革，要么像英国著名讽刺作家斯威夫特一样，运用尖刻的笔杆，这是一种对厄运的英勇反击，他需要坚强的性格，足以使他能与整个世界作对，极少有人具备如此登峰造极的本领。

绝大多数人如果感到没有被人爱，只能陷入胆怯的失望之中，仅仅在偶尔的一丝羡慕和怨恨之中喘上一口气。于是这些人的生活总是极端的自我封闭，情爱的缺失使他们有一种不安全感，而对这一感觉本能地加以回避，造成了他们听凭习惯来左右其生活。那些使自己受役于单调生活的人，大多是因为惧怕冷酷的外界，以为永远走着老路便可不致撞上那个可怕的外界。

比起具有不安全感的人们来，那些带着安全感面对生活的人还要幸福些，只要其安全感没有将他们引向灾难。在大多数情况下，安全感本身能有助于一个人逃脱危险，而另一种人或许会屈从于它。如果你要走过一块狭窄的木板，而底下是万丈深渊，要是你内心惧怕，倒反而比你不怕时更容易失足。生活之路也是如此，一个无所畏惧的人当然也会碰上突发的灾难，但经过了一番披荆斩棘之后，他很可能是好端端的，未伤一根毫毛，而另一种人则会在草莽之中暗自悲伤。

不言而喻，这颇有好处的自信具有无数的形式，有人对高山踌躇满志，有人对大海充满信心，也有人好在蓝天下顾盼自雄。然而对生活的一般自信，更多地来自人们需要多少爱就接受多少爱的习惯，我想在这里论述的就是这一作为热情之源的心理习惯。

是接受的情爱，而非给予的情爱，才产生了这一安全感——虽说它主要源自相互的情爱。严格地说，不仅情爱，而且敬仰也有这样的效果。那些职业便是力保大众对他们敬仰的人，如演员、牧师、演说家和政治家们，越来越依赖于别人的喝彩。当他们从大众的称赞中接受了他们应得的那份，他们的生活便充满了热情，否则，他们便会感到不快，而离群索居、自顾自怜起来。大众的盛情善意对于他们，犹如少数人的醇厚情爱对于别人。

父母喜欢孩子，而孩子则将他们的爱当作自然法则来接受，虽然这一爱对他的幸福具有重大的意义，但他并不看重这一情感。他想着大千世界，想着他遇上的种种冒险，想着他长大后将碰上的奇遇。不过，在所有这些对外界关注的背后，存在这样的感觉：灾难临头，父母就会以其爱来保护他。

不管出于什么原因，一个缺乏父母之爱的孩子，很可能是胆小的，不爱冒险，总是感到惧怕，顾影自怜，他不再以欢快的心情去探究外部世界。这样的孩子可能在令人惊讶的小小年纪里便对生与死、人类的命运沉思默想。他变得内向了，起初抑郁寡欢，最后便从一种哲学或神学中寻求虚假的安慰。

世界是个乱哄哄的场所，有欢愉之事，也有不快之事，它们的出现纯属偶然，而试图从中总结出可理解的系统或模式，从根本上来说，是惧怕的产物，其实就是一种精神病之一的广场恐怖或对开阔场地的害怕。在四周是墙的书斋里，胆怯的学生会感到很安全。如果他能使自己相信外部世界也是同样安全，那么当他非得走上大街时，他便几乎会有同样的安全感。这种人，倘若他以往得到更多的情爱，他便不会像现在这么惧怕世界了，也不会非得去创造一个只存在于他信念中的理想世界。

不过并不是所有的情爱都具有促进冒险精神的作用，给予的情爱本身也必须是坚强的，而不是胆怯的，希望对方优越，多于希望对方安全，虽然决不是彻底不顾安全。一个胆小的母亲或保姆，她总是告诫孩子们要警惕灾祸，她总认为每条狗都会咬人，而每头母牛则是凶悍的公牛。这么做会在孩子们身上造成与她自己一样的胆怯心理，会使孩子们感到，除非她近在身旁，否则他们永远是不安全的。

对一个占有欲过度的母亲来说，孩子的这一感觉也许使她感到高兴，她希望孩子对她有依赖性，而不希望看到孩子有待人接物的能力。在那种情况下，她的孩子在以后的漫长年月里会越来越糟，远甚于他没有得到半点爱的结局。

早期形成的心理习惯往往会持续到生命的终结。

有不少人，当他们恋爱时，他们便在寻找一处远离尘嚣的安乐窝，在那小小的天国里，他们自信能让别人爱慕、称赞，事实上他们并不可爱，也没有什么可赞誉的。对许多男子来说，家是回避真实的藏身之地，正是在家里，他们不再有各种惧怕和胆怯心理，而尽享天伦之乐，他们想从妻子那儿找到原先在不明智的母亲身上可以得到的东西。但是当他们的妻子把他们看成是大孩子时，他们又会莫名惊诧。

要给最完美的情爱下定义可不是件容易的事，因为显而易见的是，构成这种情爱的必定还有某种保护性的成分，要是我们所爱的人受到了伤害，我们是不会无动于衷的。然而我以为，对不幸的担忧，在情爱中所占的比重应该越少越好。为他人的担忧仅胜于为我们自身的担忧，而且这种担忧常常倒是替占有欲做了掩护。

通过激发别人的担忧，人们期望能获得对他们更为彻底的统治。这当然也是为什么男子一直喜欢胆怯的女子的原由之一。因为男子在保护她们的同时也就进而占有了她们。要表示多少分量的殷勤关切才致使受惠者蒙害，取决于受惠者的性格：勇敢而又爱冒险的人，能承受大量的温情而不会受害，至于一个胆怯的人则应该让他少受些为好。

接受的情爱有双重功能，至今我们只谈及了安全这一面，但在成人生活中，它具有更为基本的生物效用，即父母身份。对任何男子或女子而言，不能激发性爱是极为不幸的厄运，因为这无疑剥夺了他或她生活的天大乐趣。或早或晚，这一剥夺必然会挫伤热情，造成性格上的内倾。

然而很常见的是，孩提时遭遇的不幸造成性格上的缺陷，而这些缺陷又成了日后求爱失败的原因。在男子、而不是在女子方面，这点更真切，因为总的来说，女子往往爱慕男子的性格，而男子则常常追求女子的相貌。就这点而言，得承认男子汉们自己表明了他们不及女子，因为大体说来，男子在女子身上所发现的那些可爱的品质，远不如女子在男子身上所发现的可爱的品质那样值得去追求。不过，获得完美的性格要比获得漂亮的相貌容易些。无论如何，女子更懂得并更乐意遵循为获得后者所必需的步骤，而男子对于追求前者的步骤却不像女子那么了解。

我们在上文中论述了以人为对象的情爱，现在我想说一个人所给予的情爱。这一情爱同样有两种：一种是令人赞誉，而另一种至多不过是一种安慰。

如果在阳光明媚的一天，你坐船沿风景如画的堤岸航行，你会赞美堤岸，从中得到欢乐，这一欢乐完全来自向外眺望，与你自己的任何渴求无关。而在另一方面，如果你的船出了事，你朝岸边游去，那么你得自于堤岸的是另一种情爱，它代表了与恶浪抗衡后的安全，其美丽或丑陋已无关紧要了。较完美的情爱恰似一个人在船安稳时的感觉，而一般的情爱则相当于船沉没后的凫水者的感觉。这不同情爱中的第一种，只有当一个人感到安全时，或至少对其周围的危险视而不见时，它才成为可能。相反，后一种情爱则产生于不安全感。

由不安全感引起的感情比其他的更主观和自私，因为被爱者的价值在于其提供的援助，而非其内在的品质。事实上，几乎一切真实的情爱都包含了上述两者的混合物，而且只要情爱的确消除了不安全感，它便会使人再度对世界感兴趣，而在危险和惧怕的时候，这一兴趣却被掩盖了。不过在承认这种情爱在生活中的地位的同时，这种情爱远不如另一种情爱，因为它有赖于惧怕，而惧怕是个恶魔，同时也因为它更加自私。在完美的爱的沐浴下，一个人期望崭新的欢乐，而不是逃避陈旧的不幸。

完美的情爱给予彼此以生命，每个人愉快地接受情爱，又自然而然地给予情爱，由于这一彼此幸福的存在，每个人感到这世界乐趣无穷。

然而，在另一种情爱中，一个人吮吸他人的生命，他接受别人给予的，但他几乎毫无回报。有些生命力极强的人物就属于这一吸血的类型，他们从一个又一个牺牲品上榨取生命，他们壮实起来，颇为得意，而那些他们赖以生存的人则日渐苍白、灰暗，意气消沉。这类人利用别人作为达到其目的的手段，而从不认为他们是目的的本身。在某一瞬间，他们认为自己是爱那些人的，但从根本上来说，他们对那些人没有丝毫的兴趣，而只关心能鼓动其活动的刺激物，那些活动，也许是毫无人格的。

显然，这是由他们本性中的某种缺陷造成的，不过要对此作出诊断或医治可决不是一件容易的事。这通常是与极度的野心相随的一种特征，我以为这特征根源于这么一种观点，它对什么才会使人幸福具有极为片面的认识。而彼此真正关注的情爱是真正幸福的最重要的因素之一，这一情爱不仅仅是彼此幸福的手段，而且实在是共同幸福的一种结合。

一个人，不管他在事业上有多大的成就，如果其自我被封闭在铁墙之内，无法扩展上述的情爱，那么他便失去了生活的最大欢乐。将情爱排斥于其范围之外的野心，通常是某种愤怒或对人类仇恨的结果，产生的原因不外是青年时代的不幸，或成年生活中的不公正的遭遇，或其他任何导致迫害狂的因素。

过分强盛的自我好比一座监狱，如果一个人想充分享受生活，他就得设法逃脱才好。能有真正的情爱是逃脱自我牢笼的标记之一。单单接受爱是不够的，接受的爱应释放将要给予的爱，只有当二者平等地存在时，情爱才能实现其最佳的效能。

不利于相互情爱发展的各种心理或社会障碍是头号魔鬼，世人受尽了，并仍在忍受它的折磨。人们迟迟不表示钦佩，惟恐用错了地方。他们不急于奉献情爱，因为他们怕自己将来会遭到他们向之表示爱的人或苛求的社会的非难、提防的告诫，同时借着道德和世俗智慧的名目风行世上，结果是：只要与情爱有关，慷慨大度和冒险精神便横遭阻拦，所有这些都容易造成胆怯和对人类的愤怒，因为很多人活了一辈子，还不知道什么才是真正根本的需要，而且十有八九丧失了以欢乐和宽广的胸怀对待世界所不可或缺的条件。

美满的婚姻（上）

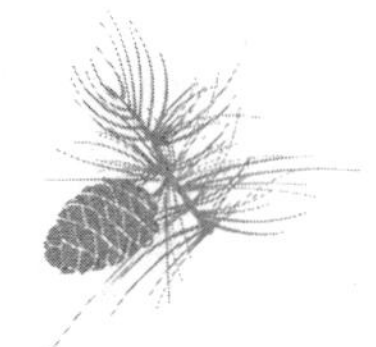

在这里我们要讨论的是婚姻，它同儿童无关，而仅仅是作为男女之间的一种关系。当然，婚姻不同于其他性关系，因为婚姻乃是一种法律制度。在大多数社会中，婚姻也是一种宗教制度，但婚姻的法律方面是主要的。这种法律制度体现着一种习惯，它不仅存在于原始人类之中，而且也存在于猿和其他各种动物之中。动物实际上也从事婚姻的行为，而且无论在哪里，对于哺养新生动物来说，也需要雄性动物的合作。一般说来，动物中的婚姻是一雌一雄的，而且按照有些权威人士的说法，在类人猿中更是这种情况。因为雄性类人猿一旦同某个雌性类人猿结婚之后，就失去了对任何其他雌性类人猿的吸引力；同样，雌性的类人猿一旦同某个雄性类人猿结婚之后，也就失去了对任何其他雄性类人猿的吸引力。在类人猿中间，虽然没有宗教的帮助，也不知道犯罪，但本能足以产生道德。有些证据说明，在最低等野蛮人类中也存在类似的情况。据说在南非布西门族中就存在严格的一夫一妻制，而且据我所知，塔斯马尼亚人就是必定忠于他们的妻子的。即使在有文化的人类中，有时也能发现隐隐约约一夫一妻制本能的痕迹。考虑到习惯对于行为的影响，人们也许感到惊奇的是，一夫一妻制对于本能的约束并不比本能本身强。不过，作为人类理智的特点的一个例证，从那里可以同样迸发出他们的罪恶性和智慧。

看来也许最早打破原始人类一夫一妻制的是经济动机的介入。这种动机影响着性的行为，它是十分不幸的。因为它以奴隶或买卖关系取代了以本能为根据的关系。在早先的农业和畜牧业社会中，妻子和孩子都成为男人的经济财产。妻子替男人工作，孩子长到五六岁之后也开始从事田里或看守牛羊的工作。这样一来，那些最有能力的人就以尽可能的占有更多的妻子为目的。一夫多妻很少能够成为一个社会的普遍的事情，因为一般说来女性并不是大量超额的，因此一夫多妻只是头人和富人的特权。许多妻子和孩子成为一种有价值的财产，因此，也就是提高了所有者原先的特殊地位。这样，作为一个妻子的主要作用就变成一种获利的工具，就如同驯养的动物一样，而她的性作用就成为次要的了。在文明这个发展阶段中，一般说来男人同他的妻子离婚是很容易的，虽然他必须为此退还女方的嫁妆。但是，一般说来女方要想摆脱她的丈夫却是不可能的。

大多数半开化的社会对于私通的态度是同这种观点一致的。在最低等的文明阶段，私通有时是被允许的。据说萨摩亚岛人外出旅行时，十分希望他们的妻子在他们不在的时候，想法安慰自己。但是，在稍高文明发展阶段中，妇女私通就要被处死或尽可能地给予很严重的惩罚。在我年轻时，人们都知道苏格兰探险家，曾到尼日尔河探险的蒙哥·帕克谈到过关于非洲苏丹西部黑人部落卫士孟巴·诚巴的事，但我感到痛心的是，最近我发现有教养的美国人却把孟巴·诚巴说成是刚果的一个神。实际上，他既不是神，也同刚果无关。他是上尼日尔河的人捏造的虚构的魔鬼，用来恐吓犯了罪的妇女。蒙哥·帕克这样说必然暗示出伏尔泰关于宗教起源的观点，而这种观点遭到现代人类学者谨慎地压制，因为他们不能忍受有理性的卑鄙举动去干涉野蛮人的行为。一个同别人的妻子发生性行为的人当然是犯下罪的，但一个同未婚女子发生性行为的人不会招致任何罪，只是他降低了这位未婚女子在婚姻市场上的价值。

由于基督教的出现，这种观点发生了变化。从此，宗教在婚姻中的成分逐渐增加了，而且对于违背婚姻法律的惩罚其根据是戒律，而不是财产。对于同别人妻子发生性行为，那个人固然是犯罪，而婚姻之外任何性行为的发生也都是对上帝的犯罪，而且按照教会看法，这是一种很严重的问题。由于同样的理由，以前允许男人可轻易休妻的权利，现在已成为不可能的事了。婚姻成了一种圣礼，因此是终身的了。

这对于人类的幸福来说，是得还是失？这很难说。在贫苦的农民中间，结了婚的女人生活始终是很苦的，而且大体说来，没有文化的农民生活是最苦的。在最野蛮的民族中，女人到了25岁就衰老了，别想保持这个年龄应有的姿色。把女人当作一种家畜的观点，对于男人来说无疑是很高兴的事，但对于女人来说，这意味着劳苦和辛酸的生活。基督教虽然在某些方面使妇女的地位下降，特别是在富人阶级中是这样，但它至少还承认在神学上妇女同男人是平等的，而且否认她们是男人的绝对的财产。一个结了婚的女人虽然没有权利抛开她的丈夫去和别的男人生活，但她却能为了宗教生活而抛开她的丈夫。大体说来，在大多数人中基督教的观点，比基督教以前的观点更容易使妇女提到更高的地位。

当我们回过头来看看今天的世界，并反躬自问，造成幸福和不幸的婚姻一般说来是什么条件时，我们会得出一种多少有点奇怪的结论：那就是越是有文化的人，似乎越不能同他的伴侣享有偕老的幸福。爱尔兰的农民虽然直到现在婚姻还由父母包办，但大体上他们的婚姻是幸福的，而且夫妇生活是贞节的。一般说来，婚姻在那些彼此之间差别较小的民族中是最容易的。如果男人与男人之间、女人与女人之间均差别甚小，那就没有什么特别的理由后悔同这个人结婚而没有同别的人结婚。但是，如果人们的兴趣、职业、爱好都各种各样，那么就会要求其伴侣是情投意合，而且当他们发现已得到的比可以得到的要少时，就会产生不满足的感觉。教会仅从性的观点看待婚姻，它不知道为什么这个伴侣同那个伴侣不一样，因此，它虽然主张婚姻是不能解除的，却认识不到，这种婚姻中常常包含着的痛苦。

造成幸福婚姻的另一个条件是没有其他女人插足，和减少男人同其他有风度女人接触的社交机会。如果除了自己的妻子，不可能同其他女人有性的关系，那么大多数人也就完全满足于这种状态，对于做妻子的来说也同样如此，特别是如果她们并不想从婚姻中得到更多的幸福的话。这就是说，如果夫妇双方都不想从婚姻中获得更多的幸福，那么婚姻大概可以说成是幸福的。

同样，社会习俗的固定性也可以避免所谓不幸的婚姻。如果我们承认婚约是最终的和不可改变的，那就没有什么刺激能引起我们的幻想去迷失于婚姻之外，以为可以得到更心醉神迷的幸福。在这种思想状况下，为了获得家庭的和睦，无论丈夫或妻子都只需要保持正派行为的标准就行了，不论这种标准是什么。

在现代有教养的人们中间，这些造成所谓幸福婚姻的条件都不存在，因此，人们发现经过最初几年之后而仍然幸福的婚姻并不多见。其中虽然有些婚姻之所以不幸是同文化有关。如果男人和女人具有更高的文化教养，那么还有些不幸的婚姻是可以避免的。现在让我们先讨论后一种情况。在这些情况中最重要的是坏的性教育，而且这种教育在富人中比在贫苦农民中更普遍。农民的孩子在小时就习惯于生活中这种事，他们不但在人类中，而且在动物中都可以观察到这种事。因此，他们对此既不会无知又不会过于严正。相反地，那些娇生惯养的富人家孩子却被禁锢在性的知识之外，而且即使是最现代的父母，他们虽然能给孩子以书本知识，却不能给孩子以一种农民孩子从小就能熟知的实际知识。基督教教义的胜利就在于，当男女双方结婚时，任何一方都不预先具有性的经验。在这种情况中，大多数的结果是不幸的。人类中性的行为不是出于本能，所以没有经验的新娘和新郎，也许对此十分无知，因而也就会因为含羞和不愉快而感到难为情。如果说只有女人是天真的，而男人从娼妓那里已经有了知识，这还差不多。大多数人没有认识到，婚后也需要一种求欢之情，而许多出身名门的女子不知道，如果婚后她们仍然保持拘谨和肉体的冷淡，这对她们的婚姻是有害的。所有这一切都可以通过较好的性教育来加以纠正，而且事实上对现在这一代青年的性教育，比起对他们的父母和祖父母要好得多。在女人中经常有一种普遍的看法，那就是她们在道德上要比男人高尚。这种态度使得夫妇之间不可能保持真诚的伴侣关系。当然这是完全不应当的，因为性行为中得不到快乐，不是道德的，这完全是由于生理上或心理上的缺点造成的，正像不能从食物中获得快感一样，这在一百年前对于高尚女子也是这样要求的。

但是，造成不幸婚姻的其他现代原因并不容易铲除。我认为在那些未开化的人中，无论男女，一般说来在本能上是一夫多妻的。他们可能深深地爱着一个人，而且在若干年中专一于此人，但迟早这种性的关系要失去它敏锐的热情的。随后，他们就会在别处再寻找恢复这种以往的快感的颤栗。当然，也可能为了道德而控制这种冲动，但又难以阻止它的出现。随着女子自由的增长，夫妇间不忠比以前有了更多的机会。这种机会造成了邪念，这种邪念造成了欲望，而这种欲望如果没有宗教上的顾忌就造成了行动。

妇女的解放，在许多方面使得婚姻成为一件更困难的事。从前妻子是使自己适应丈夫，现在，根据妇女对于个人事业的权力，许多做妻子的就不愿意使自己过分地适应她们的丈夫了，而那些仍留恋原先男性统治的传统观念的人却又想不通为什么他们应该去适应。这种忧虑的产生特别同不忠有关。在过去，丈夫的偶然不忠，一般情况下他的妻子并不知道。如果妻子知道了，他就招认犯了罪并使妻子相信他是一个悔过的人。另一方面，妻子通常是贞节的。如果妻子不贞节，而且她的丈夫知道了，那么婚姻就会破裂。现代的许多婚姻中，虽然不要求相互间的忠实，但妒忌的本能仍然残存，并常常破坏任何持久的密切关系，尽管夫妇间并无公开的争执。

现代婚姻中还有另外一种困难，这种困难是那些最意识到爱的价值的人特别能感觉到的。只要爱是自由的和自然的，它必然兴隆茂盛，而如果爱是一种责任，那它只能凋谢枯萎。因为如果说你的责任是爱某某人，这使你恨他（她）。把爱同法律保证结合在一起的婚姻一定造成两头空。雪莱说：

> 我从没有和那伟大的教派发生过关系，
> 它的教养是无论谁只能从人群中选择一女或一友，
> 不论其他的人是多么聪明和美丽，
> 我们都应从惨淡的记忆中把她们忘记。
> 这就是现代的道德律，
> 这就是那些可怜的疲倦的奴隶，
> 踯躅着的陈腐之路。
> 他们走向坟墓似的家庭，
> 这家庭是建立在这世界的大道之上，
> 带了个被束缚的朋友，如同一个妒忌的仇敌，
> 走上那漫漫的旅途，
> 又是遥远，又是凄迷。

无可怀疑，如果因为婚姻而拒绝所有来自其他方面的爱，这是泯灭我们的感受性、同情心和有价值的人类交际的机会。从理想主义观点来看，这就是亵渎本质上是可向往的事物，而且像各种约束性的道德一样，它势必助长人们对整个人生的警戒观点，这种观点就是指：总是在寻找机会去禁止某些事。

由于所有这些原因，婚姻就成了一件困难的事，而且如果不使它有碍幸福，那就必须想出某种新的方法。有一种解决方法人们常常提出，这就是可以轻易离婚。当然，我同大家的主张一样，即离婚应当比英国法律所允许的享有更多的理由，但我并不认为轻易离婚是解决婚姻痛苦的方法。没有孩子的婚姻，离婚可能常常是一种正确的解决办法，但如果有了孩子，那么巩固婚姻关系，在我看来，就是一件十分重要的事情，如果婚后生了孩子，而且夫妇双方对他们婚姻关系的态度是合乎理性的和高尚的，那么我们就应希望这种婚姻是终身的，但这并不排除其他关系。如果刚结婚时感情热烈，而且后来也有了夫妇双方所希望的孩子，那么这种婚姻就应在夫妇之间产生一种深切的关系，以致使他们感觉到在他们的伴侣的生活中有着某种极有价值的东西，而且即使在性欲衰退后，即使夫妇一方或双方感觉到他们的性欲是为了第三者，情况也仍然如此。这种婚姻的完美由于妒忌而受到妨碍，然而妒忌虽是一种本能的感情，如果认识到它是不好的，而且也认识到它不是表达一种正当的道德义愤，它是能够加以控制的。一种经历了多年考验，而且又有许多深切感受的伴侣生活是有其丰富的内容的，恋爱初期虽然可能极为愉快，却不可能具有这种内容。无论谁只要理解这种价值是需要经过长时间的培养才能造成的，他就不会为了寻求新的爱而轻易地抛弃这样的伴侣生活。

所以，对于有教养的人来说，获得美满婚姻是可能的，但为了做到这一点必须满足下列一些条件：这就是双方必须要有完全平等的感情；必须不干涉双方的自由；必须保持双方身体上和精神上最完美的亲密友谊；对于价值标准必须有相近的观点。如果具备了这些条件，我相信婚姻就是两人中间最美好和最重要的关系。如果说以前不常有这种情况，那主要是由于双方都把自己看作是对方的警察。如果婚姻达到了它所能达到的状况，那么夫妇双方都应认识到，无论法律怎么说，在他们的私人生活中，他们都必须是自由的。

美满的婚姻（下）

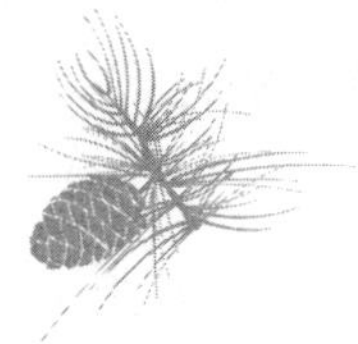

婚姻问题是一个很复杂的问题，对于婚姻有两种见解。一种是浪漫的见解，表现于神仙故事中。据说，王子与公主结婚，以后便总快乐地生活下去。这便是造成了离婚的见解：因为男女结婚之后，一旦过得不快乐了，男的遂以为所娶的并非公主，女的也便以为所嫁的实非王子。于是便各自另做一次试验，大概也一样地不成功。至于所以屡屡失败，是由于对两个人之间的关系以及两人所抱的见解，都可能是大相径庭的缘故。

其次一种见解，圣保罗曾坦然表示："结婚比动情好。"照这种见解，性的快乐完全是遗憾的事。可是人的天性并没有这么强，完全舍弃性的快乐的不会有几个人。虽然如此，却可以仗着婚姻，把这种快乐减到极小度，把夫妻弄得彼此互为警察的这种见解，自称是相信婚姻是一种圣典的信念。

这两种相反的见解，都太极端了。第一种之所以极端，在于把快乐看成人生归宿；第二种之所以极端，则因其以为防止快乐是人生归宿。快乐本身固然是一种好东西，可是并不是一种很重要的好东西，因其并不需要促进的活动，所以不能满意地使其作为人生归宿。要得到幸福，必须立定一种归宿、永远完全实现不了，却又永远在实现的过程之中。野心，父母的爱情，科学的好奇心，艺术的创造性，都是供给这种活动的。一个男子或女人，如专心于这种种活动之一，并且不是完全不成功，便可以得到一定程度的幸福。可是如果一个人，只为快乐的顷刻而生活，最后一定要做不可忍耐的烦恼的牺牲。

婚姻是复杂的，因为包含有两个很不同的要素，就是男与女彼此相对的关系，及两人对于孩子的关系。凡是幸福的婚姻，夫妻都是彼此相爱及爱其孩子的。其彼此的相爱，不但在两性关系上，就在为孩子而合作上，也得到满足。发生了困难的时候，这种动机仍是存在的。但是如婚姻是完全成功的，则由此而得的惬意是非常圆满，因为性的本能与做父母的本能合力而互相加强。

法律道德所向往的就是造成这种婚姻。习俗的道德哲学主张两个完全无经验的人应结成一种不可解的关系，这样的道德哲学一定达不到那种归宿。要找一个可以一生与之和谐地生活的人，并不是容易的事，对于完全无经验的人，差不多不可能。完全无经验的人，并不能分别性的饥饿与在性的饥饿满足之后仍然存在更深的情爱。所以，在结婚之前应有经验，对于男子与女人是一样的，还必须有为重大原因而解散婚姻的可能。不过关于什么是构成重大原因的见解，在我看来则是完全错误的。不拘哪一方偶有私通的事，与深而持久的情爱完全相容。假使每个人都见到了，离婚的人的幸福，肯定不像现在这个样子的，这样常常为嫉妒所破毁。嫉妒是出于本能的，可是使其活动的机缘，则很大部分都由信念与社会的习约而定。想得到的并不与不想得到的引起同样的嫉妒，而且嫉妒如果只为犯了一种罪恶的信念，而致加强，也是更加可怕的。控制嫉妒，完全是容易的，可是一定不比终生忠于一人还难。如有人说，不用自制，也可以得到一种幸福的或过得去的生活，这大概是错的，可是我却主张这样。所以必须自制，由于容易产生嫉妒，而习俗的道德则把嫉妒看成是完全可以赞美的。

不过，我并不是在鼓吹不忠，我只是在鼓吹遇有不忠时相应的一种宽容态度。

有些别的原因，大得足以使婚姻非解散不可的，即使对于孩子不免有所损害。在这种原因中就其较为显然的，如：疯狂、犯罪与酗酒。结婚的一方，如有这种情形存在，对于孩子，便以不使他接近为好。此外还有别的情形，在那种情形之下，也可以考虑离婚的，可是这种情境，却很难就法律的确切性来定论。父母彼此相恨时，很容易对于孩子的情爱发生一种竞争，由这个遂造成一种空气，势必要在孩子身上造成重大的精神疾病。所以在这种情形下，就是为孩子，其父母是一样地值得离婚的。这种情形，除非由不相容那种模糊的观念，如何可以弄到法律范围之中，我并不十分清楚，照不相容的观念，其实就等于互相同意的离婚。凡是有孩子，这种离婚，除非万不得已，如：必有一方是不能自制而缺乏做父母的责任心的。如两方不能把彼此不和之处，调剂得当，但对于孩子的健康成长，还是可以合作的。

成功的婚姻实在是很重要的，是把自我投入一种较为宽大的单位中。所谓夫妇是一块肉，应该不止于仅仅一句话，应该有一种本能的肉体同情。现代的男女们，在自我上，倾向一种硬性与圆满性，大多数的婚姻，即使并非不幸福的，也没有深厚的交感相印，也没有把个体的生命融入于一种较为宽广、更令人满意的共同生存之中。其实，婚姻实在的好处就在这种融入，如缺乏这个，绝没有深厚的幸福能够存在。许多人虽是拒绝这种把自我的墙壁推翻，然而这却是一种人类的需要，不加以中和，定要有一种不满之感。可是，已得到了那种圆满结合的，那种结合便也扩展到孩子身上，父母对孩子的爱，定要是由自发而不为嫉妒所染沾的。

现代整个文明中许多困难的一个，就是井然有序的行为与个人的远虑相结合。个人的远虑，用得超过一种程度，对于一切较优美的性质，及一切精神上的欢乐，人生所需贡献者，都是可以毁灭的。所有伟大的神秘家都痛骂个人的远虑，因为这个理由：“把你的面包抛在水上”，“不要想到明天”，“谁失其生活，谁求得其生活”——凡此都是对于远虑的非难。但是如无远虑，要把婚姻与小孩子的看顾做到底是不可能的。不过，我以为，有两种远虑却是要分别开来的：为个人的关系而避免对于个人的自我伤害，与源于爱的关系而避免对于爱情对象的伤害是不同的。婚姻上的个人远虑，往往表明：婚姻中不可或缺的东西，总是无法实现丰富个体生活（的目的）。可是对于自己孩子的健康成长的远虑，显然是最不可推诿的本分之一，就是这个也可为一种伟大的公共需要而抛弃。

这两类远虑，心理上的差异是显然的，因为一类根源在恐惧，另一类则在爱。不幸的是，根源于恐惧的远虑，因习俗的道德而加强。世人总看到富的男子比穷的男子要好，不会爱的女人比被引诱失节的女人要好。在所有这点上，世人的看法，都是缺乏勇气与大度的，这种情形就是大多数婚姻上的麻烦的根由。常有夫妻开始婚姻生活之初，双方决意尽可能地保守私密，妻意所在，主要在身体事项上的私密，夫则在涉及其业务的事项上面。这种就养成一种互相敌对的态度，绝没有那种完全投降于一种共同生活的情形。其实只有投入那种情形，真正的姻缘才能发生。基督教，以其较原始的对于家庭信念的反对，有一种超度个人的教义，由这种教义已养成了一种个人主义。

人乃是一种复杂的生物。生活应该是建筑在一种本能的基础上的，所谓本能，通用的广义，性、做父母、权力，都是主要的本能的情欲。除由对于三者知识上的简化外，因三者错乱的混合，也已发生了许多害处，在情感上，三者个个都有其淡影，除非处于正当的环境，否则，它们对于人的幸福，无法作出其圆满的贡献。对于权力的冲动，显然就是政治活动的源泉，也是已经富了的人的生意活动的源泉。也还是知识生活的源泉，对于知识的冲动，原本是由感觉“知识就是权力”而来。

做父母乃是一种与性完全不同的冲动，随便什么人只要不厌烦，读读《旧约》，都可以看到。大体上，做父母乃是一种逃死之欲，欲把自己的自我，在身体其余部分死亡之后留下一部分在世上活动。可是要使这个在女人身上可以发展到圆满的程度，必须对孩子有肉体的看顾；要使在男子身上以你满意的样子存在，必须对于做父亲有一定的把握，这种情形当然，就是所有要把婚姻约束在女人方面的性放松的学说里的纠结难解之点，这也就是男子嫉妒的名义。可是在实际解决这个问题上，男方是在其婚姻关系上为其对于权力的冲动，找到了一条道路，而非为其情爱的感情。于此，所要对付的心理问题，就是：婚姻是一种平等的结合，而不是做奴隶。事实上，如果不是在形式上，多少带有一种东方式的隐居者的意味，那么，男子做父亲又有什么把握？还有，如果不可能的话，女人们对于自由的要求，是否会造成母系制度的重来？

我并不以为现代婚姻的心理学，到现在已经完成了，我还预见到，在文明人类再得到一种像旧的父系家庭那样坚固持久的制度之前，要有一个很长的困难时期。也许非得到国家把为父的经济上的责任担当起来，世人所理解的“家庭”停止存在的时候，那个阶段才会达到。我诚挚地希望不如此，因为从婚姻同家庭关系上，可以得到很有价值的、在现代世界里没有别的东西能给予的人生要素。人生在其生物学的方面，是一个相续之流，其中分为种种不同的个体，是偶然而不重要的。见到人生这个方面，就是从许多走进一种较广大的世界的那些门中的一个，离开自我的牢狱。对于一百男女中的九十九个，这道门都是那些门中最容易的。

性单独并没有任何意义，只有性与做父母相关联时才有。因为，性应该是一种超越片刻的情感，是由始至终的生命之流的一部分。真正的性道德上的教育应当使少年人感觉到这样看法的婚姻的重要与高贵。旧式的道德是有一种非合理的基础，而新的缺乏道德则又总易把男女关系上一切有实在价值的东西都扫荡去，要保存那个，必须要有一种新道德，庄严不减于旧的，可是基于一种较真的心理学同一种对于人类需要的公正的重视。

幸福的家庭

过去传下来的所有制度里，再也没有像今天的家庭那样混乱和出轨的了。父母对孩子和孩子对父母的爱，可以成为幸福的最宏大的源泉。但事实上，如今父母和孩子的关系十中有九倒成了双方苦恼的根源，99%是双方中至少有一方感到不快。这种家庭关系未能给予人们基本的满足，是我们时代不快乐的原因中最深刻的一种。如果成人想与自己的孩子维持一种快乐的关系，或给予他们一种幸福的生活，他就得对为人父母的问题深思一番，然后明智地付诸行动。

家庭问题五花八门，包罗万象，这里只能涉及与我们目前论述的问题相关的部分，即对幸福的追求。而且即便是这一小小的部分，我们也只能将它限定在这样的范围里，即：改善必须发生在个人的天地里，而并不造成社会结构的改变。

毫无疑问，我们的题目受到极大的限制，因为造成现今家庭不幸福的原因是极为复杂的，既有心理的、经济的、社会的，也有宗教的、政治的，等等。以社会上的富裕阶层来说，使女人感到做母亲是件比从前沉重得多的负担的原因有两种：一是单身女子能够独立谋生，二是家庭仆佣服务衰退败落。

从前，女人是因为挨不过处女的生活才出嫁的，那时单身女子不得不待在家里，在经济上先依靠父亲，随后再依靠某个并不乐意的兄弟。她没有工作可以打发时光，在住宅墙外也没有自由可以享受。她既无机会又无意去做性的探险，她深信婚姻以外的性行为都是可恶的。要是她不顾一切防御，为某一诡计多端的花花公子所诱惑而失去贞操的话，那么她的处境就极为可怜了。18 世纪英国作家奥立佛·哥尔斯密的小说《威克菲牧师传》异常真切地描绘了这一情景——

能掩饰她罪孽
能藏匿其羞耻而不为人所知
能使其情夫懊悔
而使他心中哀痛的方法——惟有一死！

在类似的情况下，现代的独身女人却认为没有死的必要。如果她受过良好的教育，她便不难过上舒适的生活，因此不需看父母的脸色行事。由于父母对女儿丧失了经济权力，他们便不敢从道德上对女儿表示反对。

去指责一个不愿意被指责的人是没有多大作用的。所以，目前职业阶层中的未婚年轻女子，只要其聪明和姿色不低于一般的人，在她还没有想要孩子之前，她尽可以享受惬意的生活。不过一旦生儿育女的欲望占了上风，她就非得结婚不可，而且几乎必然会失去工作，她的生活也就不会像她已习惯的那样舒适了，因为其丈夫的收入很可能还不如她原先挣的多，况且那收入还得维持一个家庭，而不像她从前那样，只需要养活一个单身女子。作为尝过独立生活甜头的人，她发觉为了必须支出的每一分钱而得向另一个人索要，这实在有伤自尊心。

正是出于诸如此类的原因，这样的女人才裹足不前，不敢贸然做起母亲来。

如果一个女子不顾一切而当起了母亲，那么她会遇上前几代女人不曾碰到过的问题，即难以找到称心合意的家庭仆佣。于是她不得不将自己拴在屋子里，亲自去做那些与其能力不相称的活儿，或者如果她不用亲自动手的话，她也会因为呵责那些偷懒的仆佣而坏了情绪。至于照料孩子的身体健康，如果她花精力去了解这方面的事，她便觉得把孩子交给保姆是在冒天大的危险，甚至像清洁与卫生这些最简单的事也不能由旁人来做，除非她有钱雇佣一个受过严格训练的保姆。一个为鸡毛蒜皮之事所累的女人，如果她没有因此而过早地丧失其魅力和聪明，那么她实在是幸运的了。

常常因为仅忙于亲自操持家务，这样的女人变得让丈夫厌烦，为孩子憎恶。傍晚，丈夫下班回来，诉说着一整天苦恼事的老婆让人腻烦，不唠叨的女人则是个糊涂虫。至于她和孩子的关系，她为了他们而做出的种种牺牲那么清晰地印在心间，以至于她几乎必然会向孩子们索要过分的回报。同时因关心零星杂事而形成的习惯，使她遇事大惊小怪，心胸狭窄。

这是她非得承受的种种不公正中最为严重的损害：为家操劳，结果反而失去了一家之爱，要是她不问家务，而保持着欢乐和柔媚，他或许倒会爱着她。

这些烦恼主要属于经济方面的，另一件几乎同样令人烦恼的事也属于这一性质，我是指因大城市的人口密集而造成的种种困难。

不过我不想探讨如此广泛的经济问题，因为它们不同于我们眼下所关心的问题，即：为了追求幸福，个人在此时此地能做些什么。当我们谈及存在于现今父母和孩子关系中的心理难题时，我们便接近了上述问题，而这些心理难题实是民主所造成的各种问题中的一部分。

父母与孩子关系的变化，是民主思想广泛传播的一个特例。父母再也吃不准，自己是否有权利反对孩子们，孩子们也不再感到他们应该尊敬父母。服从的美德原先是毋庸置疑的，现在变得陈腐了，而且理当如此。精神分析使受过教育的父母惶然不安，惟恐在不知不觉中伤害了孩子。假如他们亲吻孩子，这可能造成恋母情结；假如不亲吻，可能引起孩子的妒火；假如他们命令孩子去做什么事情，可能产生犯罪感；假如听之任之，孩子又会染上不为父母欢迎的习惯。当他们看见婴儿在吮吸大拇指时，他们得出无数骇人的解释，但又惊慌失措，不知该怎样去阻止他。

一向威风凛凛的父母，现在变得畏怯软弱，焦虑不安，充满疑惑。古老而又单纯的欢乐一去不复返。而且因为单身女子的新自由，女子在决定要做母亲的时候，得比从前做出更多的牺牲。在这些情形下，谨小慎微的母亲对孩子要求太少，而贸然唐突的母亲则要求太多。前者抑制着其自然的情爱而变得羞羞答答，后者想在孩子身上为那些忍痛割弃的欢乐寻得补偿。在前一种情形中，孩子的情爱没有得到满足；在后一种情形中，其情爱受到过度刺激。

在上述两者情形中，都不存在纯朴而又自然的幸福。

考虑到所有这些烦恼，生育率的下降还会让谁惊讶呢？全部人口的生育率下降的幅度，已表明不久人口将开始萎缩，但在富裕阶层中，已经超越了这一下降幅度，不仅一个国家如此，而且实际上所有最文明的国家莫不如此。有关富裕阶层的生育率，没有多少统计资料可供援引，但从上文间接提及的吉恩·艾林的著作中，可以引用两条事实。1919—1922 年间，斯德哥尔摩职业妇女的生育数，只占全部人口生育数的 1/3，而美国惠斯莱大学的 4000 毕业生，在 1896—1922 年间生育的孩子总数约为 3000，可是为了阻止人口的实际萎缩，应有 8000 孩子的诞生，且无一个夭殇。

无可置疑，白人的文明有一个奇异的特征，就是男女吸收这种文明的程度，与其生育率成反比。最文明的人生育孩子最少，最不文明的人生育孩子最多，两者之间还有一系列等级。现今在西方国家，最聪明的那些人正在渐渐死去。

过不了几年，全部的西方民族将会减少，除非由文明程度较低的地区的移民来补充。而一旦移民接受了所在国的文明时，他们也将相应地缩减生育数。显而易见的是，具有这一特征的文明是不稳固的，除非这一文明能在数量上繁殖增加，不然它早晚要灭亡，让位给另一种文明，在后一种文明里，做父母的冲动保存了足够的力量，以阻止人口的减退。

在西方国家，官方的道学家们竭力以规劝和柔情来对付这个问题。一方面，他们说每对夫妇都应该按照上帝的意志尽责地生育孩子，无需顾及这样的孩子日后是否健康和幸福。另一方面，身为男性的教士们奢谈母性圣洁的欢乐，伪称一个尽是贫困病孩的大家庭是什么幸福之源。政府再来游说一番，说什么相当数量的炮灰是必不可少的，因为要是没有足够的人留着给毁灭，所有这些精致奇特的武器又能派什么用场？奇怪的是，做父母的即使承认这些论据能用于旁人，可一旦要用到自己身上时便装聋作哑了。

教士和爱国主义者的心理学走了歪门邪道。教士只有在用地狱之火来威吓人们并且有效时才会获得成功，可眼下只有少数人相信这种威吓。任何威吓，如果不达到这个程度，那么它们决不可能左右人们的行为。至于政府，其言论实在太凶狠残酷了。人们兴许会赞同由别人去当炮灰，但决不会想到让自己的孩子也留作此用。因此，政府能采用的惟一对策，是尽力使穷人处于愚昧之中，但这种努力，据统计数据表明，除了西方国家最落后的地区外，却是完全不成功的。

即使真有什么公共责任存在，很少有男人或女人会出于这种责任感而生儿育女的。当他们生孩子时，他们或者相信孩子会增添他们的乐趣，或者对如何避免孩子的出生全然不知。后一种情形至今仍很普遍，然而却在慢慢地减退。政府也好，教会也罢，不管它们如何动作都阻止不了这萎缩的继续。

因此，白人若要存活下去，就得使做父母这件事能重新给父母带来幸福。

当一个人只考虑人类天性，而不顾及现今的情形时，我想他一定会清楚地看到，做父母能从心理上给人以最大的而且最持久的幸福。这对女人比对男人更为真切，但对男人的真切，也远过于绝大多数现代人士所推测的程度。

古希腊传说中特洛伊国王普拉姆的第二位妻子赫古巴对孩子的关心远甚于对其丈夫的关切，苏格兰传说中的麦克德夫对儿女也比对妻子更照顾些。在《纽约》里，男女双方都热衷于留下后裔，在中国和日本，这一精神延续至今。有人认为这种欲望来自祖先崇拜。而我认为事实恰恰相反，即祖先崇拜是人类重视家族延续的反应。与我们先前所说的职业妇女截然不同，生育的冲动一定非常强烈，不然决不会有人愿做必要的牺牲以满足那一时冲动。

就我个人而言，我早已发觉做父母的幸福大于我所经历过的任何幸福。我相信，当环境诱使男人或女人舍弃这种幸福时，必定留下一种非常深刻的需要没有得到满足，而这又引起一种愤怒和倦怠，其原因往往不为人所知。

要今生幸福，尤其在青春年华流逝之后，一个人必须觉得自己不仅仅是来日无多的孤单者，而且是生命之河的一部分，发源于最初的细胞，不停地流向遥远而无人知晓的未来。作为一种有意识的情感，若用固定的词句来表述，那它自然是极其文明而智慧卓越的世界观，但是作为一种模糊的本能情感它是原始的，自然的，与高度文明大相径庭。

一个能取得伟大而非凡成就的人自然名垂青史，流芳万代，他能以其工作来满足生命延续的感觉。但是那些并无耀眼才华的人，却只有借孩子们来聊以自慰了。

凡是让生育冲动萎缩的人，已将自己与生命之河分离，并因而冒着生命枯竭之巨险，对他们，除非特别超脱者，死亡就是结束一切。身后之事概不过问，正因为如此，他们的所作所为在他们看来却是百般无聊和微不足道的。

对于有着儿孙，并且很自然地爱着他们的人，未来至关重要，这种感觉不仅出于道义或想像，而且也出于自然和本能。如果一个人能这样将其兴趣扩展到个人生活之外，十有八九，他能将其兴趣扩展到更远的地方。像《旧约全书》中的人物亚伯拉罕那样，当他想到其后代将去承受福地时，他便感到快慰和满足，即使这要在好多代人之后才会实现。由于这种感觉，他才摆脱了空虚感，不然他准会变得麻木起来。

家庭的基础无疑是父母对其亲生儿女具有特殊的情感，它有别于父母之间的感觉，也不同于对他人孩子的感觉。诚然，有些父母很少或毫无慈爱之情，也有些女子能对他人的孩子具有如同对自己孩子的慈爱。尽管如此，显见的事实是：父母之爱是正常人给予自己孩子、而不是任一别人的一种特殊的情感，这一情感是我们动物祖先的传世之物。

在这方面，我以为弗洛伊德似乎没有充分地考虑到生物的因素，因为任何人，只要他观察了一头母性动物怎样对待其幼仔，就会发现它对幼仔的行为，迥然有别于它对有性关系的雄性伙伴的行为。而这种差别也存在于人类之中，不过略有不同和不那么明显罢了。要不是为了各种特殊的情感，那么家庭作为一种制度便无需让人徒费笔墨了，因为孩子尽可以让专家们去照看。然而就现实来看，只要他们的本能不曾衰退，那么父母对其孩子的这一特殊情爱，不仅对孩子，而且对父母本身都具有重大的价值。

对孩子来说，父母慈爱的价值在于它比任何别的情感都更加可靠和值得信赖。朋友爱你是看中了你的优点，情人爱你是为了你的魅力，假如优点或魅力消失了，朋友和情人或许也会悄然离去的。但在患难时节，父母却是最值得信赖和依靠的人，在病中，甚至在蒙受耻辱时，如果他们的确是这样的好父母。当别人称赞我们的长处时，我们都会感到快活，但我们大多内心感到这样的称赞并不可靠。父母爱我们，是因为我们是他们的孩子，这是无法改变的事实，所以我们感到他们比谁都可靠。在一帆风顺、事事如意之时，这大概无关紧要，但在逆水行舟、潦倒落魄之际，那就给你一种无处可觅的宽慰和庇护。

在所有的人类关系中，单方面的幸福往往唾手可得，但双方的幸福却来之不易。狱卒可能以看守囚犯为乐；雇主或许以威胁雇员为乐；统治者恐怕以铁腕统治臣民为乐；而老式的父亲准会以棍棒教子为乐。不过这些都是单方面的快乐，在另一方，这事并不好受。

我们已感到这些单方面的快乐不能令人满足，我们相信良好的人际关系使双方都感到满意。这特别适用于和孩子的关系，结果是，父母从孩子身上获得的乐趣远比过去的少，而孩子在父母那儿受的罪也比以往的少。我不认为真有什么理由，父母不该从孩子身上获得比过去更多的乐趣，虽说目前的确如此。我也不认为有什么理由，父母不该增添孩子们的幸福。但如同现代社会所追求的所有平等关系一样，这需要某种相当的敏感和温柔，对别人个性的相当的尊重，凡此种种，却不为日常生活的好斗性所推崇。

我们可以从两个方面来考察做父母的幸福：第一，其生物的本质；第二，父母以尊重他人个性的平等态度对待其孩子后所得到的快乐。

为人父母的乐趣是双重的。一方面是感到自身的部分肉体又获得了另一种形貌，使其生命得以在其他部分延续下去，而这部分又能以相同的方式再赋予其部分肉体以另一种形貌，确保了某种质的永生。另一方面是内心深处的权力与柔情的混合感。

小生命无依无靠，于是做父母的便有满足其需求的冲动，这冲动不仅满足了父母对孩子的爱，而且也满足了父母的权力欲望。只要你认为婴儿尚需帮助，那么你对他的爱便不是无私的，因为这种爱也不过出于保护自身脆弱部分的天性。但是还在很早的时候，对父母权力的迷恋和为孩子利益的欲望就发生了冲突，因为尽管左右孩子的权力在一定程度内是天经地义的，然而孩子能尽早学会在各方面独立自主，却是一件好事，不过它并不使具有恋权冲动的父母感到愉快。有些父母从不知晓这一冲突，依然专制直到孩子们造反为止。

不过有些父母认识到了这一冲突，却因此遭受情绪冲突的蹂躏。在这冲突中，做父母的幸福化为乌有。他们对孩子关怀备至，之后又因发现孩子变得完全不合他们的期望而羞愧难当。他们希望他成为军人，而他偏偏成了一个和平鼓吹者，或者像托尔斯泰；他们指望他做一个和平主义者，他反倒参加了军事组织黑色百人团。但是苦恼不仅仅来自这些后来的发展。

要是你去喂一个已会自己吃喝的小孩，那么你将对权力的爱慕置于孩子的幸福之上了，虽然这对你来说本意不过是想减少他的麻烦。倘若你使他清晰地认识到危险，那么这多半是因为你想让他一直依靠你。倘若你对他情感直露而期待回报，那么你或许想凭借他的感情来紧紧地抓住他。父母的占有冲动将不同程度地引导他们走上五花八门的歧路，除非他们万分警惕或心地非常纯洁。

现代的父母，在认识到这些危险之后，有时便对管教孩子失去了信心，这样对孩子来说，其父母的帮助远不及他们犯些自然错误那么有益，因为让孩子最为担心的事莫过于大人缺乏决断和自信。因此，与其谨言慎行，不如心洁如水。如果父母真心希望孩子幸福，而不看重对他的控制，那么他们便无须让精神分析的教科书来指点他们什么该做，什么不该做，单单冲动就会使他们走上正道。在这种情形下，父母与孩子的关系将始终是和谐的，既不会引起孩子的对抗，又不会招致父母的失望。

然而这要求父母在一开始就必须尊重孩子的个性。这尊重不仅仅是伦理或智慧的原则，并且应当作为某种近似神秘的信仰而加以深刻地体会，以完全摒弃占有和压迫的欲望。当然这一态度不仅适宜于对待孩子，而且在婚姻和友谊中，它也是非常的必要，虽然在友谊中这不难办到。在美好的世界上，它将渗透在人类群体的政治关系之中，不过这是一种极为遥远的期望，我们无须望穿秋水。

现代人要获得父母的完美的欢乐，必须深深感到上述那种对孩子的尊重，因为对这样的父母来说，他们不会因压抑其对权力的爱慕而恼怒万分，也不会像专制的父母那样，为孩子获得了自由独立而大为失望。具有这种态度的父母，他们所得到的欢乐，远甚于专制父母在其权力鼎盛时期所拥有的。而一个想在这摇摇晃晃的世界中竭力维持其支配地位的人，却不可能得到这一欢乐。

我对父母的情感极为重视，然而我却不想得出这样的结论，即做母亲的应当尽可能地亲自为孩子多做些事情。在育儿知识不为人知的时代，这类习俗倒也不坏，因为那时年轻母亲只是从老妇人那儿接受一些并不科学的零碎的育儿法。现今，好多育儿之事，只有那些曾经在大学里研究过这一课题的人才做得好。而且，儿童教育只有成为大学课程中所谓“教育学”的一部分，它才被大家承认。人们不指望一个母亲去教她儿子微积分，不管她多么爱他。

就获得书本知识而言，孩子从专家那里去学比从外行的母亲那里学要好得多。然而在关怀孩子的其他许多领域内，这并没有得到公认，因为所需的经验尚未得到认可。有些事情无疑是由母亲做好，但是随着孩子日长夜高，将会有越来越多的事情由别人去做更好。倘若这为人们所普遍接受，那么做母亲的可以省却许多烦心的操劳，因为这原本就不是她们的专长。

一个有专门技能的女子，即使在做了母亲之后，也应该继续自由地发挥其专长，这不仅对她，而且对社会都是有益的。在怀孕后期和哺乳期内，她或许不能这么做，但婴儿出生 9 个月以后，他便不应当成为其母亲职业活动难以逾越的障碍。当社会要求母亲为孩子做出不合情理的牺牲时，这母亲如果不像圣徒那般非凡，就会希望从孩子身上获得非分的补偿。

在绝大多数情况下，凡习俗称为自我牺牲的母亲，对其孩子是异常自私的，因为尽管做父母可以和人生中的某个成分一样重要，但如果它被看作是整个人生，这会使人感到不满，而不满足的父母很可能会从感情上攫住孩子。所以为了子女和母亲的利益，做母亲的可万万不能舍弃所有其他的兴趣和事业。

如果她真有育儿的天赋，并具有充分的知识把自己的孩子抚育好，那么她的才干应有更广阔的天地，她应专职地抚育一组可包括自己孩子在内的儿童。只要履行了政府的最低要求，父母们当然有权发表意见，陈述他们的孩子该如何教养，由谁来教养，条件是被指定的人有资格担当此任。但不应存在这样的成见，即要求每个母亲都得亲自去做别的女子能做得更出色的事情。

面对孩子手忙脚乱、无能为力的母亲，应毫不犹豫地将孩子托付给有能力做这种事情而又受过必要训练的女子。没有一种天赐的本能会教女人如何抚养孩子，而过度的挂念则是占有欲的掩盖物。由于母亲的无知和溺爱，许多孩子在心理上是被宠坏了的。

历来这么认为：人们不指望父亲为其孩子过多操心。可是孩子爱其父亲，如同爱其母亲一样容易。

如果妇女的生活能摆脱不必要的奴役，而孩子能受惠于日益增进的、与他们早年身心养育有关的科学知识，那么在将来，母亲和孩子的关系就会越来越类似于今日父亲和孩子的关系。

充实的工作

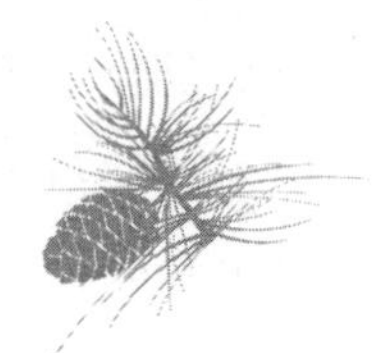

工作应算在幸福的因素内，还是算在不幸福的因素内，或许仍是疑问。的确有许多工作是极其使人厌倦的，过度的工作又总是一件痛苦的事。然而依我看来，只要工作量不过分，那么即便最枯燥的工作，对于大多数人来说也比闲着无事要好受些。工作有各种等级，从单为解闷的直到最深刻的欢乐，视工作的性质和工作者的能力而定。绝大多数人非得做的绝大多数工作，本身乏味无聊，但即使这类工作也有一定的益处。首先，一个人无需决定做什么，工作便可以让他消磨一天的好多时间。

有许多人，当他们可以随心所欲地安排其闲暇时，他们竟然想不出什么够快活的事值得一做。不管他们决定做什么，他们总感到一定有别的更快活的事情，这使他们苦恼不堪。能聪明地安排空闲时间是文明的最后产物，而目前很少有人能达到这一程度。

另外，进行选择的本身也是很费劲的。除了有特别创见的人之外，一般人总喜欢由别人告诉他一天中的每个小时该做些什么，只要这些命令不是太让人感到不快而受不了。像是免于苦役而付出的代价，大多有闲的富人感到一种难以言状的烦闷。有时他们可以在非洲猎射猛兽，或环游世界，以减轻这一感觉，但这类惊人之举是有限的，特别是在青春年华流逝之后。于是比较聪明的富翁便埋头工作，就像他是穷人一样，而有钱的女人，大多忙于难以计数的琐碎小事，她们对其惊天动地的重要性信以为真。

工作之所以为人们所需，首先是作为解除烦闷的手段，因为一个人在乏味但是必要的工作中所感到的烦闷，与他无所事事，不知如何打发昼夜时所感到的烦闷相比，实在算不了什么。与工作的这一种益处相关的另一种益处是：它使假期变得分外香甜。只要一个人没有因过度的工作而大伤元气，那么在其自由的时间内，他准会比一个整天闲游的人有着旺盛得多的兴致。

大多数有报酬的工作和部分无报酬的工作所具有的第二个益处是：它给予人们获取成功和展露雄心的机会。在大多数工作中，成功是靠收入来衡量的，而且只要我们这个社会继续存在下去，那么这是无法避免的。惟有遇到最优秀的工作，这种衡量方法才会失去用处。人们想增加自己收入的愿望，其实就是想获得成功的愿望，想以较多的收入来获得额外安适的愿望。

不管工作是多么索然寡味，只要它是建立名声的手段，那么它就变得可以忍受了。目的的持续是长久幸福的最根本的成分之一，对大多数人来说，这主要是在工作中得以实现的。在这方面，那些终生忙于家务的女人，比男子或在外工作的女子要不幸得多。家庭妇女没有工资收入，缺乏改善自身的手段，其丈夫认为她命该如此，他并不看重她的家庭工作，而是赏识她的别的优点。

当然，如果有足够的金钱和时间把房间和花园搞得漂漂亮亮的，让左邻右舍羡慕不已，这样的女人不属此例。但这种女人相当少，而且对大多数人来说，家庭工作所给予的欣慰，远不如其他工作给予男人和职业女子的欢乐。

多数工作能给予人们消磨时间和施展抱负的快乐，这一快乐能使工作乏味的人比没有工作的人一般要幸福得多。然而，如果是一件有趣的工作，那么它便能给予人们一种更为高级的快乐，而不仅仅是一种解闷。

多少有些趣味的工作可做一个从上到下的排列。我将从趣味平平的工作开始讲起，到那些值得一个伟人倾注其全部心血的工作为止。

有两大因素使工作变得有趣：一是技巧的运用，二是建设性。

凡是具有某项特殊技能的人，总乐于显露身手，直到它失去新鲜感，或不再有任何进展。这种行为的动机始于孩子的幼年，一个能竖蜻蜓的男孩，是不愿意好端端地站着的。许多工作所给予的乐趣，与技巧游戏所产生的乐趣相同。律师或政治家的工作，如同打桥牌一样，准包含了愈加美妙的乐趣。当然，这不但包括技巧的运用，而且还有与高明对手的斗智。

不过，即便没有这种竞争的成分，单是这些绝技的施展也足以令人大快。一个能在飞机上表演特技的人感到莫大的快乐，以至于甘冒生命之险。

一个干练的外科医生能从精确的手术中得到满足。相同的乐趣能得自于许多较不显眼的工作，不过强度略低一些。我甚至听到水管工也喜欢他们的工作，虽然我不曾有幸结识一名水管工人。

一切技术性的工作都是令人愉快的，只要需求的技术或者变化不剧，或者能加以不断的完善。倘若不具备这些条件，那么当一个人的技巧完善无缺时，它便不复有趣了。一个 3 英里的长跑运动员，一旦过了破其纪录的年龄，就再也不会感到这赛跑有什么乐趣。幸好在相当多的工作内，新的情况需要新的技术，于是一个人便能不断地、不同程度地对此加以完善，直至中年。在某些技术性的工作中，如像政治之类的，工作者的最佳年龄似乎在 60—70 之间，因为在这类职业中，至关重要的是具备广博的阅历。因此，成功的政治家们在 70 岁时常比同龄人更幸福些。他们在这方面的惟一竞争者是那些大企业家们。

然而最佳的工作还具有另一种成分，作为幸福的一处源头，它比起技巧的运用来远为重要，这便是建设性的成分。虽说不上大多数，但在某些工作中，当事情完成的时候，会留下某种类似纪念碑的东西。

我们能以下述标准来区分建设和破坏的差别。作为建设之前的破坏自然是必要的步骤，在这种情况下，它是整个建设的一部分。但并不少见的是，一个人往往从事意在破坏的活动，根本没想到随之而来的建设。他常常对自己隐瞒了这一真相，而认为他之所以破旧是为了立新，然而如果这是一种借口，那么人们也不难拆穿它，你只消问问他接下来将建造什么。在这一话题上，他必定是含糊其辞、有气无力的，而对于先前的破坏，他却说得头头是道，神采飞扬。

我不否认，在破坏工作中，如同在建设工作中，存在着快乐。这是一种更为狂暴的快乐，或许在刹那间更为强烈，然而它却不能给予人们深深的满足，因为在那种结局中，几乎没有什么令人快慰的。你杀死你的敌人，他死了之后，你就无事可干了，因胜利而感到的快意便很快地消退了。相反，建设工作完成时，人们会久久地凝望着它，欣喜不已，而且这工作并不完美无缺，以致无事可干。

最令人满意的计划，能使人取得一个接着一个的成功，而不会走到死胡同的尽头，就此而言，不是破坏，而是建设才是幸福的更茂盛的源泉。更确切地说，人们在建设中得到的满足，远大于爱好破坏的人在破坏中得到的满足，因为一旦你内心充满了仇恨，你就不能像别人一样在建设中轻而易举地获得快乐。

同时，几乎没有别的事情能像做一件重要的建设工作那样，更易于治好仇恨的恶习。

一项伟大的建设性事业所给予的乐趣是人生所能奉献的最大的快慰之一，虽然不幸得很，这种卓绝超群的欢乐仅为不同凡俗的人所享受。因出色地完成了一项重要的工作而获得的幸福，是不可能被剥夺的，除非这项工作最终被证明是低劣的。这类快乐具有不同的形式。一个人依靠灌溉规划而使荒地长出一片春绿，他的快乐便是最明确的一种。创建一个组织或许是项重要无比的工作。在混乱中建立秩序的工作也不例外，有少数政治家为此奉献了毕生的精力，在当代，列宁便是超群绝伦的榜样。

最显而易见的例了是艺术家和科学家。莎士比亚《十四行诗》第18首中对诗作如此评价：“只要人们还活着，眼睛还能看，这诗便不会死去。”这种想法无疑使他在不幸中感到宽慰。在其十四行诗里，他强调，对朋友的思念使他和生活重归于好，但我不得不怀疑，比起那位朋友本身，这些他写给朋友的14行诗在达到这一目的方面更富有成效，大艺术家和大科学家做的工作本身就令人愉快，当他们从事这一工作时便准能获得敬重，它给予他们最基本的权力，即控制人们思想和感情的权力。他们也有最充足的理由认为自己好。人们会以为，这种种幸运的因素结合起来一定足以使任何人都幸福。然而事实并非如此。

以米开朗基罗为例，他是极为不幸福的人，而且声称如果不是非得还清那些穷亲戚们的债务，他可决不会愿意费什么精神去创作艺术品的。虽说并不总是如此，但创造伟大艺术品的力量往往与气质上的忧伤相连，若非为了其工作的欢乐，这种极大的忧伤足以驱使艺术家走上自杀的道路。因而我们不能断言最了不起的工作就一定会使人幸福，我们只可以说它能减少一个人的不快乐。科学家可不像艺术家，其气质上的忧伤远远少得多，因而总的说来，从事伟大的科学工作的人是幸福的，其幸福主要来自工作。

当今知识分子不幸福的原因之一在于，没有能自由地各显神通的机会，而只得受雇于由庸人、外行把持的富有公司，被迫制作那些荒诞无聊的毒物。如果你去问英国或美国的记者，他们是否信仰他们为之奔忙的报纸政策，我相信，你会发现只有少数人是这样的，其余的人都为生计所迫，而将其技能出卖给他们认为有害无益的种种工作。

这类工作决不会给予人以真正的快乐，而且当一个人出于无奈而勉强做这种工作的时候，他会让自己变得玩世不恭，以至于他不能从其他任何事情中获得满足。但我又不能贬责从事这种工作的人，因为忍饥挨饿实在不好受，不过我还是以为，只要有可能从事一项能满足一个人建设性冲动的工作而无冻馁之虞，那么他最好还是从其自身幸福的角度去作选择，抛弃那种报酬高，但本身又不值得他去做的工作。

没有了自尊，便决不可能有真正的幸福。

而将自己的工作引以为耻的人简直没有了自尊。

在现实生活中，建设性工作的快乐是少数人所特有的享受，然而这少数人可能为数并不少。任何人，只要他是自己工作的主人，他便能感到这一点，其他一切认为自己工作有益且需要相当技巧的人均有同感。培养令人满意的孩子是一件能予人以极大欢乐的工作。凡是取得这一成就的女人都能感到，由于她辛勤操劳的结果，世界才包含了某些有价值的东西，要不是她的劳动，这世界就不会有那种东西的。

人类在将其各自的生活视为一个整体的倾向上差别甚大。对有些人来说，这一看法是很自然的，并且能相当快乐地这么做，这是幸福的关键。在另一些人眼里，生活便是一串并不相关的事件，缺乏统一性，其运动也没有方向。我认为前者比后者更易获得幸福，因为前者会渐渐地造成他们能从中得到满足和自尊的环境，而后者会让命运之风吹到东，刮到西，行驶不到任何一个港口。

视人生为一个整体的习惯，不仅是智慧的，而且也是真正道德的重要部分，是教育应极力倡导的内容之一。始终如一的目标不足以使生活幸福，但它几乎是幸福生活的不可或缺的条件。而始终如一的目标，主要体现在工作之中。

休闲的娱乐

在这里，我不准备考察那些生活赖以建立的巨大兴趣，而想探讨那些充实闲暇时间，并给予人在严肃的事务之后以娱乐的兴趣。

在一般人的生活中，妻儿、工作和经济状况是他殚精竭虑的主要内容。即便他有种种婚外恋，这些桃色事件本身大概也不会使他牵肠挂肚，而它们对他家庭生活的影响则会让他焦虑不安。此处，我不认为与工作紧密相关的兴趣是闲情逸致。

以科学家为例，他必须紧随自己的研究领域的发展。对这类研究，若遇到与其职业密切相关的东西，他的感情便是热烈和鲜明的，不过，要是他浏览本行以外的另一门科学研究，其心情就大不相同了：不用专家的眼光，也不那么挑剔了，而且更无偏见了。即使他得用心追随作者的思想，他的阅读依然是一种放松，因为这与他的职责毫不相干。如果这本书使他感兴趣，那么这样的兴趣也属于闲情逸致，因为这一兴趣是不能移至与他自己题目相关的书本上去的。我在这里想要探讨的，便是这类处于人们生活主要活动之外的兴趣。

忧伤、疲劳、神经紧张的原因之一，在于对和自己生活没有利害关系的东西不能产生兴趣。结果便是清醒的头脑总是在思考某些问题，它们或许都包含了焦虑和担忧的成分。除了在睡眠中，清醒的头脑永远不能歇下来，而让下意识中的思想慢慢地孕育其智慧，结果是容易兴奋，缺乏洞察力，烦躁易怒，以及丧失平衡感。所有这些既是疲劳的原因，而且是疲劳的结果。

当一个人感到越来越疲乏，他对外界的兴趣便渐渐丧失，而当它们渐渐消失时，他便失去了它们原先给予的宽慰，结果他变得愈加疲乏。这一恶性的循环十分容易造成人的精神崩溃。对外界的兴趣令人有逸悦感，是因为它们不需要任何行动。决断事情和实践意愿，都是十分令人疲倦的，特别是在仓促而又无下意识帮助的时候。凡是那些在做出重大的决定之前得先“睡一觉”的人真是对极了。不过，下意识的精神活动不仅仅发生在睡眠之中，而且也发生在清醒的头脑用在别处的时候。凡在工作之后便能将其忘却，并在第二天来到之前不再想起它的人，比那种在工作前后老是为它操心的人，能更出色地做好工作。

而且如果一个人除了工作之外尚有多种兴趣，那么在应该忘记工作的时候就会忘记它，这并不是一件难事，但没有其他兴趣爱好的人，做起来就不那么容易了。然而重要的是，这些兴趣决不可以再度运用那些已让整天的工作弄得精疲力竭的官能。

它们不该包含意志和当机立断的本领，它们也不该像赌博那样涉及任何经济因素，而且它们一般也不可使人过度兴奋，造成感情疲倦，使意识和下意识都不得安宁，许许多多的娱乐都具备这些条件。看比赛、上戏院、打高尔夫球，如此看来都是无可非议的。对于一个嗜书如命的人来说，读些与其职业活动无关的书籍也是一件好事。不管有多大的烦恼事，它不该使你在醒着的全部时间内绞尽脑汁。

在这方面，男子和女子间存在着一大差异。总的来说，男子比女子更容易忘记他们的工作。对于操持家务的女子，这当然是很自然的，因为她们不能变动工作地点，而男子离开工作场所后便可以获得一种新的情绪。不过在家庭以外工作的女子，在这方面和男子的差别，几乎同在家工作的女子一样。她们感到很难对没有实用意义的事情发生兴趣，她们的目标控制着她们的思想和活动，她们难得迷恋完全不费心神的闲情逸致。

我并不否认有例外，但此处我说的却是一般的情况。例如，在一所女子学校里，若无男子在场，那些女教员们的晚间话题总离不开本行，而在男子学校里，男教员们就两样了。对女子来说，这一特点表明女子比男子更真心诚意，然而我不认为这种真诚在日后的漫长岁月里会提高其工作的质量。相反，它会造成视野狭窄，往往导致狂热和盲信。

一切闲情逸致，除了具有松弛意义外，尚有多种功效。

首先，它有助于人们保持均衡协调的意识。我们十分容易沉溺于自己的事业，自己的小圈子，自己的一种工作，以至于我们忘记了在全部人类活动中这仅仅是沧海一粟，世界上有多少事情并不因我们的所作所为受到丝毫的影响。应有一幅与必要的活动相一致的真实宇宙图。人生在世，俯仰之间，而在这生命的瞬间，一个人需要对这个奇特的星球及其在宇宙中的地位，了解一切他应该知道的事情。忽略求知的机会，就好比是上戏院而不听戏。世界之大，无所不容，悲哀与欢乐交集，英雄和小人同台，千姿百态，令人诧为奇事。那些对这等景象不能产生兴趣的人，也就放弃了人生所给予的一种特权。

再则，这种均衡协调的意识是极有价值的，而且有时也能予人某种安慰。对于我们所生活的世界的一隅，对于我们生死之间的一刹那，我们都容易变得过分激动，过分紧张，过分重视。这种对我们自身重要性的激动和过高的评价，毫无可取之处。那的确能使我们工作更勤奋，但却不能使我们工作更出色。以善为结果的少量工作，远胜于以恶为终局的大量工作，虽然主张狂热生活的信徒有着截然不同的看法。

凡是异常关切自己工作的人，始终具有堕入狂热和盲信的危险，这一危险主要存在于下述情形中：人们为了一两件要事而忘了其余的一切，并且以为在追求这一两件事情的时候，对于其他事情的附带性损害是无关紧要的。对于这种狂热盲信的脾气，最好的预防莫如对人的生命及其在宇宙中的地位具有宽广的概念。在上述情形中，这似乎是个很大的概念，但除此特殊作用以外，它本身就具有重大的价值。

现代高等教育的缺陷之一，是变得太偏重于某些技能的训练，而没有教会人们用客观的眼光去了解世界，以便极大地扩展人类的思维和灵魂。假如你迷上了政治斗争，你就会为了自己党派的胜利而拼命卖力。这当然也不坏。然而在斗争的途中可能会出现某种机会，它使你觉得运用了某些在世界上增加仇恨、暴力和猜疑的方法，就能取得胜利。例如，你会发现取得胜利的最佳途径是去凌辱别的国家。

如果你的灵魂视野局限于现在，或者你已接受效率至上的学说，你就会采用这些令人怀疑的手段。依靠这些手段，在目前的计划中，你将获得胜利，而未来的后果可能是惨败。反之，你头脑里总陈列着人类以往的历史，人类对野蛮缓慢而又不完全的摆脱，以及人类的全部生命和星球年龄相比之下的短促，等等。

如果这些想法成了你的习惯意识，那么你将会认识到，你所从事的暂时的斗争，其重要性决不至于值得我们去冒这样的危险：重新返回到黑暗中去。不仅如此，而且如果你在眼前的目标上失败，你便能承受得了，因为你感到失败只不过是暂时的，这样你就不愿搬用那些可耻的武器。

在你目前的活动之上，你应当具有某些遥远的、慢慢会变得清晰的目标，在这些目标中，你不是孤单的个人，而是引导人类走向文明生活的大队人马中的一员。倘若你具备了这一观点，那么某种远大的幸福便永远伴随着你，不管你个人的命运如何。生命将变成与各时代伟人共享的圣餐，而个人的死亡仅是件不足挂齿的小插曲。

倘若我有权按照我的意愿去制定高等教育的话，我将试图废除陈旧的正统宗教，建立一种难以称作是宗教的东西，因为它仅仅注重已确知的事实。我将试图让青年人清楚地了解过去，清楚地认识到人类的未来极可能比其过去远为长久，深深地意识到我们所居住的星球之渺小，意识到这星球上的生活实在不过是一桩短暂的小事。

在陈述这些强调个人之渺小的事实的同时，我将提出另一组事实，使青年人从内心感到个人能够达到的那种伟大，认识到在这深邃广袤的星空中，我们尚不知道还有什么同等价值的东西。荷兰唯物主义哲学家斯宾诺莎在很久前就已论述了人类的束缚和人类的自由，然而他的形式和语言使其思想难以为一般人所领悟，但我想转述的要旨和他所说的并无不同之处。

一个人一旦领悟了造成灵魂伟大的东西之后，如果依旧猥琐悭吝，依旧追求私利，依旧为渺小的不幸所烦恼，依旧惧怕命运的安排，那他决不会是幸福的。凡能具备伟大灵魂的人，会敞开其心胸，让宇宙间每一处的风自由吹入。

在人类的局限之内，他将尽可能真切地认识自己、生命和世界。在意识到人类生命的短暂急促和微不足道的同时，他意识到已知的宇宙所具有的一切价值都凝聚在个人心中。而且他将看到，凡是心灵反映着世界的人就和世界一样伟大。在摆脱了任由命运左右着的恐惧之后，他将体验到一种深沉的快乐，而且在经历了外部生活的一切变化和盛衰之后，他在心灵深处依然是个幸福的人。

不谈这些范围广大的思考，让我们回到更切近的题目上来，即闲情逸致的价值，那么还有一种观点使它们对幸福极有益处。即使在最幸福的生活中，有时也会节外生枝。

类似的观点可用于某些无可救药的悲伤，如至爱者的死亡，等等。在这种情况下，沉溺于极度悲哀中对任何人都没有好处。悲痛是免不了的，当在意料之中，但我们应尽可能地加以限制。有些人好从厄运中榨取最后一滴不幸以满足其感伤情绪。

当然我并不否认一个人可能让悲伤压垮，痛不欲生，每个人都应不遗余力地逃避这种命运，应寻求任何消遣，不管如何琐碎，只要它本身没有害处或使人堕落。那些我所认为是有害或使人堕落的消遣，包括酗酒和服用毒品，它们以毁灭思想为目的。适当的方法不是去毁灭思想，而是将它引入新的渠道，或至少是一条远离眼下不幸的渠道。然而，如果一个人的生活向来关注于极少数的兴趣，那么他就很难转移其思想。

厄运降临而能承受，明智的方法莫过于在快乐的时候便培养了相当广泛的兴趣，使心灵能找到一处宁静的地方，这地方将唤起别的联想和情绪，而不是那些使现在难以忍受的痛苦的联想和情绪。

一个具有充分活力和热情的人，在每次打击之后仍能对人生和世界再度发生兴趣，因此他战胜了一切不幸，对于他，人生与世界决不会变得如此狭小，以至于一次打击就是一场毁灭。让一次或数次的失败就击倒，这不是感觉敏锐，而应被视做活力的缺乏。我们一切的情爱都听凭死神的主宰，它可以随时夺走我们所爱的人的生命。所以我们的生活决不可以具有狭隘的强烈情感和兴趣，因为它使我们全部的人生意义和目的完全听凭意外事故的支配。

基于上述种种理由，一个明智地追求幸福的人，除了其生活赖以建立的主要兴趣之外，会尽力培养一些闲趣。

科学的力量

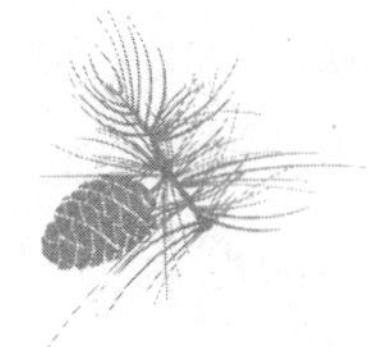

科学在增进人类幸福方面的可能，并不仅限于减少人性中造成两败俱伤，故而被我们称之为“恶的”那些方面；科学在增加美好的积极因素方面所能做的事情，或许是没有止境的。卫生条件已经得到极大的改善；不管那些怀旧者如何哀叹，与十八世纪任何阶级或民族相比，我们毕竟延长了寿命并减少了疾病。若把我们已有的知识更广泛地应用，我们将会比现在更加健康。未来的发现很可能会极大地加快这方面进程。

迄今为止，对我们生活影响最大的当数自然科学，但是在将来，生理学和心理学的影响很可能远在它之上。当我们发现了性格如何依赖于生理状况时，只要我们愿意，我们就能产生出大量我们所称羡的那种人。智慧、艺术能力、仁慈——所有这些东西无疑可因科学而增加。只要人们明智地利用科学，在创造美好世界方面所能做的事情，几乎是没有止境的。我在别处曾表示过我的担心，就是人们也许不能明智地利用他们从科学中所获得的能力[①]。现在我只探讨如果人们愿

① 参见《科学的未来》。

意，他们所能做的好事，而不涉及他们是否愿意做坏事的问题。

关于科学应用到人生这个问题，存在着一种观点，对这种观点，我有些同感，虽然最后分析起来，我是不能同意的。它是那些害怕“不自然的”东西的人所持有的观点。当然，卢梭是欧洲这一观点的伟大创始人。在亚洲，老子对这一观点的阐述，更是动人心弦，而且要早两千四百年。我认为，他们对于“自然”的赞美，不过是真理与谬误的混合物，而正确认识这一问题是很重要的。首先要问，什么东西是“自然的”？泛泛说来，是说话者幼年时所习惯的东西。老子反对公路和舟车，这恐怕是他所出生的那个村子不知公路和舟车为何物的缘故。卢梭对这些东西习以为常，所以并不认为它们是违反自然的。但是，假如他在有生之年看见铁路，他无疑会大加指责。服装和烹饪由来已久，大多数提倡自然的人都不提出异议，虽然他们一致反对式样翻新。节育被那些宽容独身的人当成犯罪，因为前者是违反自然的新事物，而后者则古已有之。在所有这些方面，那些提倡“自然”的人都是自相矛盾的，这只能使人把他们看成是守旧之士。

然而，他们并非一无是处。例如，维生素的发现使人们复而赞成“自然的”食物。不过，维生素似乎也可由鱼肝油和电光提供。此二者无疑不是人类“自然的”食物。这个例子表明，如果缺少知识，一种违反自然的新做法也许会带来意想不到的危害，但是当那危害被认识到时，往往可以用某种新的人造物去补救。至于我们的自然环境和满足我们欲望的物质手段，我认为，有关“自然”的这套理论，除了证明在采取某种新做法时应谨慎外，并不能证明别的什么。例如，衣服是违反自然的，如果不想让衣服引起疾病，就需要增加另一种不自然的行为，即洗涤。但是，穿衣与洗涤加在一起确可使人比与此二者无缘的野蛮人要健康些。

关于人类欲望方面的“自然”，有更多的话可说。强迫男人、女人或儿童去过一种压抑其最强烈之冲动的生活，是残酷且危险的；在这个意义上，依从“自然”的人生再加上某些条件，是应当赞许的。最人为的东西莫过于地铁，但是乘地铁旅行并不会损害儿童的天性；相反，几乎所有的孩子都觉得这种经历是愉快的。在其他各点都相同的条件下，能够满足一般人欲望的人造物便是好的。但是，对于那种为权力或经济贫困所逼迫的非自然的生活方式，则是无话可讲的。毫无疑问，这种生活方式目前在某种程度上还是需要的：假如汽船上没有司炉，航海将会变得极为困难。但是，这类需要令人遗憾，还是设法避免为好。一定数量的工作不是令人厌恶的事；的确一定数量的工作比起无所事事，十有八九更能使人愉快。但是，目前大多数人所不得不从事的工作，就其种类和数量来说，真是苦不堪言，那种一辈子都摆脱不掉的日常工作更是如此。生活不应管得过严或计划性过强；当我们的冲动确实无损于他人时，如果可能，应当得到自由的发泄；应当有冒险的余地。我们应当尊重人的天性，因为我们的欲望和冲动是造成我们幸福的原料。给人们一些在理论上被视之为“好的”东西，是没有用的；如果我们要增加他们的幸福，我们必须向他们提供所渴望或需要的东西。科学将来或许能使我们的欲望变得不致像现在这样易与他人的欲望相冲突；那时我们就能比现在更多地满足我们的欲望了。在这种意义上，而且只有在这种意义上，我们的欲望才会变得“好些”。单独的欲望，孤立地说，无所谓好坏；但是一些欲望可以比另一些欲望好，如果前者能够同时满足，而后者彼此有些冲突的话。这就是爱比恨好的原因所在。

尊重物质的自然是愚蠢的；物质的自然应当尽量以使其服务于人类之目的的观点加以研究，但它在道德上是无所谓好坏的。在物质的自然和人的天性相互影响的地方，如人口问题，我们无须束手被动地尊崇并接受战争、瘟疫和饥荒为解决人口过剩问题的惟一可能的方法。神学家们说：在此事上，应用科学于这一问题的物质方面是罪恶的：

我们应当（他们说）应用道德于人的方面，并且实行禁欲。每个人，这些神学家也不例外，都知道他们的劝告无人理睬，撇开这个事实不谈，通过避孕的物质手段来解决人口问题究竟何罪之有？除了这是以古代教义为根据的，尚无别的答案。而且显而易见，这对于神学家所维护的自然的违反，至少不在节育之下。神学家们宁可选择违反人类天性的做法，虽然当这种做法卓有成效时，会产生不快、妒忌、迫害的倾向和经常性的疯狂。我却更喜欢“违反”物质自然的做法。这是一种类似使用蒸汽机或雨伞的做法。这个例子表明，我们所应遵循的“自然”的原则，它的应用是何等的含混和不确定。

自然，甚至人性，将越发不复为一种绝对的材料，而逐渐成为科学所造成的东西。科学如果愿意，它能使我们的子孙过着美好的生活，方法是给他们以知识、自制力及产生和谐而非争斗的品性。目前，它正在教我们的孩子互相残杀，因为不少科学家情愿牺牲人类的未来而赢得他们短暂的欢心。但是，当人们能够像他们控制外界物力那样控制自己的情感时，这一阶段将会过去。那时我们就将最终赢得我们的自由了。

自由的社会

在群居于社会的人类中，自由能够达到什么程度？什么程度又是最适宜的？这就是我想讨论的总题目。

我们先从定义讨论。“自由”这个词，被用在多种意思上，所以要使我们的讨论成功，必须先确定我们是在哪种意思上使用的。

从最抽象的定义来说，“自由”就是指没有外部的障碍来阻止实现我们的意愿。因此从这抽象意义上来看，自由可以通过两条途径来扩大：增长能力；缩小欲望。对于人类来说实现自由也是可能的。有一个已成为一名共产党员、红军军官的年轻俄国贵族曾向我解释说：英国人不像俄国人那样需要一件物质上的拘束狂人行动的紧衣，因为他们有一种精神的紧衣，他们的灵魂运动始终被拘束着。他说的也许有些道理。在陀思妥耶夫斯基的小说中的人物固然不像真正的俄国人，但无论如何，这些人只能由俄国作家创造出来。他们有各种各样奇特而又强烈的愿望，这些愿望是普通的英国人所没有的，显而易见，那种人人都想谋杀他人的社会是不会像那人人都渴望和平的社会一样有自由的。因此，改变人们的欲望可以获得自由，而且并不比增长能力所获得的自由差。

这种考虑说明了一种政治思想所不能满足的必需品，我的意思就是指那种可以叫作“心理学上的动力学”的必需品。把人类本性看作是政治活动中的一个论据，并认为它是同外界环境相适应的这种说法太普遍了，以致无需说服人们接受这种观点。外界环境却改变着人类的天性，而这两者之间的和谐又是它们相互间的作用所要求的。一个人如果突然从一种环境陷入另一种环境，一定会失去自由，当然这种新环境也许会给那些适应它的人一些自由的。因此我们不能孤立地讨论自由，而不去考虑因环境改变而引起人的欲望的改变的可能性。有时候，新的环境会使自由更难以达到，因为一种新的环境，虽然能使旧的欲望满足，但还会带来一些新的欲望不能满足，这可以拿工业主义所产生的心理方面的影响来说明。在近代的发展中，工业主义已给人们带来的许多新的需求：一个人也许会因买不起一辆汽车而伤脑筋，但过不了很久，我们就会都希望有一架私人飞机。一个人也许还会为了非意识的需求而感到不满意。例如，当今美国人都需要休息，但他们自己并不意识这一点。我相信这可以作为解释美国犯罪率上升的一大理由。

虽然人们的欲望各不相同，但也有一些几乎是普遍性的基本需要，如饮食、健康、衣服、住房、性欲以及做父母的欲望，这些都是一些主要的需要。无论自由中还包含什么，一个人如果被剥夺了以上几项最低限度，必定失去自由。

这样，我们就引入了“社会”这个名词。很显然，以上所说的人类几种最低限度的自由在鲁滨逊·克鲁索所生活的荒岛上是难以获得的，而在一个社会中，那是比较容易得到的。至于性欲和想做父母的欲望本质上就是社会性的。也许有人会将“社会”解释为是为了一个共同的目标而结合起来的人类集团。就人类来说，最根本的社会集团就是家庭。经济的社会集团成立得很早。至于为了战争而共同合作的集团则显然不像以上两种那样带有根本性。在现代世界中，社会结合的主要动机就是经济和战争。现在我们几乎都能满足各自物质上的需求，但如果我们一直维持着家庭与部落，而不去发展出更大的社会单位，就不会那么容易满足了，从这个意义上来说，社会增加了人类的自由。也有人认为，一个有组织的国家，会减少我们被敌人杀害的危险，但这种说法是有疑问的。

当然，我并不想否认社会的合作有一种本能的基础，即使在最文明的集团中也是这样。人们都希望相互之间就像邻居一样，自己也受到他人的爱戴，他们总爱模仿他人，并且要靠他人的提示去赶时髦。可是，当人们变得更加开化时，这些因素似乎会减弱人们的力量。他们对儿童的影响要比对成年人的影响强烈，对于智能最低的人尤其具有最大的影响。因此，社会合作越来越趋向于依靠人们对于合作的利益的理性认识来维持，而不再依靠那个意义极为广泛的名词，即所谓合群的本能，在野蛮人中，不会产生个人的自由问题，因为他们并不感到需要自由。个人的自由问题产生于文明人中间，而且人类文明程度越高，这个问题也就越迫切。同时，政府给人们生活制定的各种规章制度正在不断增加，因为人们越来越清楚政府可以帮助他们消除物质上的障碍。由此看来，社会中的自由问题将会越来越迫切，除非我们不再发展文明。

当然，自由的增长是不能仅仅依靠政府权力的减小来实现的。一个人的欲望与他人的欲望常常是不相容的，所以说所谓无政府状态，就是强者获得自由，弱者沦为奴隶。如果不存在政府，那么地球上的人口将很难达到现在的1/10，人口增长的障碍，主要是饥饿和婴儿的夭折。我们应当思索的问题，不在于不要政府，而在于如何在自由受最小程度的干预中保证它的好处。这就意味着使物质的和社会的自由达到一种平衡。说得粗浅一点就是：为了食物更加充足，身体更加健康，我们应准备承担多大程度的政府的压力呢？

关于这个问题的答案，事实上，常常转变为另一个极简单的问题：

是我们取得食物和健康呢，还是他人？处于敌人包围中的人或是1917年的英国人，都认为对于无论何种程度的政府的压力，都情愿忍受，因为他们都清楚地知道，当时政府的压力，是对任何人都有益处的，但当有的人处于政府的压迫之下，而其他人能获得食物时，问题就完全不同了。这情形就达到了介于资本主义和社会主义之间的争论。那些资产阶级的拥护者很容易诉诸那条神圣的自由的原理，这个原理的内容包含于下面这句格言中：幸运的人对不幸的人实行专制时，不应受到任何限制。

纯粹放任的自由主义，就是以这条格言为根据的，我们千万不可将它与无政府主义混为一谈。这种自由主义为了防止那些不幸的人的谋杀行为和武装暴动，便要乞求得到法律的保护，当它有了充分的胆量时，还要反对工联主义。自由主义就以这些政府最低限度的行动作为出发点，依靠经济实力去完成其余的任务，这样的自由主义认为，一个雇主对他的雇员说“你将会饿死”这样的话是对的，而雇员如果回答说“你将吃枪弹，比我们先死”就是不对的。其实，除了书呆子的舞文弄墨以外，在这两句恐吓语中划出界限来显然是荒谬可笑的。这两句话都侵犯了个人最基本的自由，因此我们绝不能说哪一句话更厉害，这种不平等的情形，不是只在经济领域才有的，在今日的社会中，丈夫对于妻子、父亲对于儿女的专制也都要求用这条神圣的原则来证明。但我们却不得不说自由主义是有减少前一种专制的倾向的。至于父亲对于儿女的专制，也就是强迫儿女去工厂做工的事情，倒不管自由主义的意见如何，已经减少了。

社会对于个人自由的干涉应达到什么样的程度？这种干涉的目的是什么呢？

在我们着手讨论之前，我应说明：对于最低限度的自由的要求，应当首先得到满足，这个最低限度是生物学上的生存，也就是繁衍子孙所必不可少的。为了保证一个人的基本需要，不妨使他人丧失安逸舒适的做法是无可非议的。这种做法在政治上也许没有什么好处，在经济上，在一个指定的集体的某一指定时期内，也许是不能实行的，但是就自由的根据来说，它是不能否认的，因为剥夺一个人的基本需要这种对自由的干涉，比起阻止一个人，不让他囤积多余的物品来说要厉害得多。

但是如果同意了这一点，那就会使我们走得很远，例如，拿健康问题来说，在伦敦议会的选举中，一个重要的问题就是，要拨出多少公款用于群众的健康、产妇的保护、儿童的幸福等。统计资料表明，用于这些方面的钱对于保全生命来说是很重要的。然而在伦敦的每个区中，那些富人联合起来反对增加用于这方面的资金。而且，只要有可能，他们就极力主张削减用于这方面的资金。这就是说，富人们准备把千千万万的人民都判死罪，以保证他们自己继续享受丰盛的筵宴、豪华的汽车。而由于那些富人几乎控制了所有的印刷品，所以，他们掩盖事实，不让那些身受其害的人知道真相。更有甚者，凭着用精神分析学家所熟知的方法，他们甚至连自己都不知道事实的真相。他们的举动并不奇怪，这是各个时代的一切贵族都采取的统治方法。而我所说的只不过是，他们的这种举动并不能用为了自由来做辩护。

我不想讨论关于性欲和做父母的欲望这两种权力。在这里，我只需声明一句，那就是如果一个国家男女人数很不平衡，那就很难获得性欲的权力，而基督教禁欲主义的传统又产生出一种很不幸的影响，使人们对于这种权力，不像对食物的权力那样愿意承认。政治家们由于没有时间去了解人类的天性，所以对于平常男女的欲望毫无所知。无论哪一个政党，如果它的领导人懂得这一点心理学，那就能够治理国家。

一个团体为了求得全体的生理需要而干涉个体的这种抽象的权利，我是承认的。但是对于一个人不是靠牺牲别人而能获得的那些方面，我不承认有权干涉。在一个团体中，大多数人是厌恶某些意见的，这种事实并没给这些大多数人干涉持此意见的人的权利，如果某一团体中大多数人不想知道某一事实，那么他们也没有权利去干涉那些想知道事实的人。我认识一位女士，她写了一部长篇巨著，所描写的是德克萨斯州的家庭生活，我认为这本书在社会学上是极有价值的，而英国的警察则认为任何人都不应知道任何事情的真相，因此他们认为通过英国邮局来寄这本书就是违法。谁都知道对于那些受到精神分析学家治疗的精神病病人，只要让他们回忆起那些埋藏在记忆深处的事实，就会医治好他们的病症，我们的社会，从某些方面来看，就和那些精神病病人一样，然而它不但不接受治疗，反而将那些帮助它回忆事实，并引起它注意的医生们幽禁起来。这是一种对自由的干涉。

到此为止，我说的都是有关对自由的干涉可证明的限度的纯粹抽象的讨论。下面我要讨论的将偏重于心理学方面。

我们已经说过，自由的障碍有两类，即社会的和自然的。假如社会的障碍和自然的障碍，对于自由造成的直接损失是一样的，那么社会的障碍将更为有害，因为它将带来怨恨不满。例如，一个男孩想爬树，而你不让他爬，他就会大发雷霆。然而，如果他发现确实没有能力爬上去，那他也就会默认是自己的能力问题。为了避免人们的怨恨情绪，最好让人们去做一些本身有害的事情，如在疫病流行时让人们到教堂会做礼拜，政府为了避免人们的不满情绪就把一切灾祸的祸根都归于大自然。反对党为了挑拨矛盾，就说这些灾祸都是人为的。当面包价格上涨时，政府就会解释为粮食收成不好，而反对党则说是因为投资商们为了牟取暴利。由于近代工业主义的影响，人们越来越相信人类是万能的，他们都认为人类免除自然灾害的能力是无限的。社会主义信仰这种观点：人们不再相信贫穷是上帝给予的，而是人类愚蠢和残暴的结果。这就自然地改变了无产阶级对它的“前辈”的态度。有时相信人类是万能的可以走得很远，许多社会主义者，包括刚刚卸任的卫生大臣，显然认为在社会主义制度下，人人都能得到丰盛的食物，即使人口大大地增加，甚至增加到地球表面都被房子覆盖住。这种想法恐怕是夸张的。但不管究竟如何，在问题不能得到圆满解决时，近代关于人类万能的信念，增加了人们的怨恨情绪。因为，人们已不再将所遇到的灾祸归于上帝或自然，虽然有时确实是非人类所能防止的。这就使得当今社会比以前更难以统治，而现在的统治阶级倾向于变得带有异常的宗教性的原因，就是他们希望受害者所遇到的灾难都归于上帝的意志，以减轻他们的怨恨之心。这就使对人们自由的最低限度的干涉，比以前难以得到证明，因为虽然《泰晤士报》还在天天登载教士的来信，力图恢复这一旧时的计划，这种干涉也无法再以永久不变的法律为掩护了。

除了人们对于那种干涉社会自由的做法怀有怨恨之情外，还有另外两个原因也使这些干涉不受人们的欢迎。第一，人们不希望他人获得幸福；第二，人们不知道他人的幸福包含什么东西。也许在本质上，这两个理由是可以合二为一的，因为当我们确实希望别人获得幸福时，我们就会知道他们需要什么，无论如何，人们对于他人的迫害，不管是出于恶意还是出于愚昧无知，实际的结果都是一样的。因此我们可以将两者合二为一，从而断言难以找到一个人或一个阶级可以信赖而将别人的幸福托付于他，这自然是替民主辩护的理由。但所谓民主，在一个现代的国家中，是不得不通过官吏去执行的。因此，在与个人有关的场合中，民主仍是间接的、遥远的，在官吏身上，有一种特殊的危险，就是他们常常是心安理得地坐在办公室中，脱离他们所统治的人民。我们可以拿教育做例子。就一般的情况来说，老师们由于与孩子们经常接触，就能够理解孩子，关心孩子，但老师自身却受到毫无实际经验的官吏的统治。在这些官吏的眼中，孩子们只不过是一群令人讨厌的小家伙，因此官吏对于老师自由的干涉常常是有害的。所以每件事情都一样，就是权力都掌握在操纵经济大权的人的手中，而那些知道这些钱应当用于何处的人们却没有权力。总而言之，掌握权力的人总是无知的而且是恶意的，他们越少运用权力，带来的灾祸也就会越少。

对于强迫来说，如果能使被强迫者在道德上认可，那是最有力的，虽然这样一来，被强迫者就会忽视他所承担的义务，人们为了活命，宁愿上缴捐税，虽然有时可能出现奇迹，收税人将我们遗漏了，而大多数被遗漏的人是不会提醒他的。又如关于对可卡因的禁止，我们是心甘情愿默认的，虽然对酒精的禁止是人们颇为怀疑的问题。但是最好的例子还是关于儿童，儿童必须处于权力之下，儿童自己并不知道必须如此，尽管有时他们也喜欢玩一种反抗的游戏。这里有点特殊的是，那些管制儿童的人有时确实会很喜欢他们，正因为如此，通常情况下儿童对于权力不会怀恨在心，即使在某些情况下他们会进行反抗，但也并不怀着什么怨恨，这种情形只会在教师中出现，至于教育当局却没有这样的品德。事实上，他们为了所谓的国家利益，把孩子们当作牺牲品，主持教育的权威者教给孩子们的“爱国主义”，实际上就是制造一种狂热，为了一些毫无意义的原因，让人们去杀人或被杀。

当受害者深信自己被迫去做的事是邪恶的或有害的，那么，这种逼迫就会产生出最坏的结果。例如，强迫一个回教徒去吃猪肉或是强迫一个印度教徒去吃牛肉，虽然可能成功，却都是很让人憎恨的。一个反对种牛痘的人是不该被强迫去接种的，至于对那些婴儿则是另一回事了。按照我的意思，连婴儿也不应该强迫，但这个问题已不是关于自由的问题了，因为无论种与不种，都无法征求孩子的同意。这个问题是父母和国家之间的问题，因此不能根据一般的原则来决定。对于那种存心反对教育的父母，政府是不允许他们把持住自己的孩子不去接受教育的。然而根据一般原则，这两种情况实际上完全一样。

关于自由的问题中最主要的区别是以下两种情形，即有些人所得的是别人所失的，和有些人所得的不是别人所失的。如果我吃掉的食物多于我所应得的那份，那么就一定有人会因此而挨饿；而如果我学到了非常多的数学知识，却对任何人都没有坏处。还有一点：像食物、住房和衣服等这些东西，都是生活的必需品，对于它们的需要，人与人之间是不存在什么争论和差别的，所以在一个民主国家中，关于这些需求由政府来调节是很合适的。在一个现代化的国家中，正义就意味着平等。这种平等与那种上等人与下等人都默认并且接受的阶级特权的国家中的平等完全不同。即使在现代的英国，绝大部分依靠工资为生的人如果听到关于国王也应和他们一样过着朴素的生活的话，也会大为吃惊的。所以我把正义定义为最少产生妒忌的措施。这样，在一个破除了迷信的国家中，正义就意味着平等，而在一个坚信社会各阶层应有差别的国家中，则无所谓平等可言。

但在见解、思想、艺术一类的东西上，并不存在一个人拥有它们，其他人就要做出相应的牺牲的情况，而且，在此范围内，究竟哪一种是好的也还是悬而未决的问题。如果富人正在享受一顿丰盛的宴席而乞丐在嚼面包皮时，富人却对人家鼓吹贫穷的好处，那么这个富人就会被大家看作是一个伪君子。但是假如我喜欢数学，而另外一个人喜欢音乐，我们之间却互不干扰，而且相互赞美对方的追求，那只会认为我们有礼貌，而并不认为是虚伪。关于见解问题，自由竞争是获得真理的惟一道路。我们在前面所引用的自由主义的口号，即“幸运的人对不幸的人实行专制时，不应受到任何限制”这句话，并不适用于经济领域，而只适用于精神领域内。我们希望自由竞争只存在于观念领域，而不是商业场合之中。然而麻烦的事情是，由于商业中的自由竞争逐渐消失，那些在自由竞争中取得胜利的人们会越来越严重地将他们的经济势力渗透到思想和道德领域，并认为只有那些过着正派的生活且有着正统的思想的人，才能得到一种职位以维持自己的生活，这真是不幸的事，因为“正派的生活”即那种虚假的伪善的生活，而“正统的思想”就是愚昧无知。所以有一个最严重的危险，就是无论在富人统治下，还是在社会主义制度下，一切精神上的、道德上的进步都会因受到经济的迫害而成为不可能的事情。在一个社会中，一个人的行动只要不加害于别人，那么他的自由就应受到尊重，否则迫害的本能就会产生出一种固定不变的社会，就像在 16 世纪的西班牙那样，这种危险是千真万确的，而且已经迫在眉睫了。美国走在前头，而我们英国也几乎可以肯定要步美国的后尘，除非我们学会在适当的场合去尊重个人自由：我们所寻求的自由并不是那种压迫别人的权力，而是按照我们的意愿去生活，按照我们的意愿去思想的权利，而且，不会阻碍他人按自己的意愿去生活和思想。

最后，我想就开始所讲的心理学上的动力学说几句话。一个大体只由一种类型的性格组成的社会，自然比其中有好几种性格的社会拥有较多的自由。一个人类和老虎组成的社会，不可能有很大自由，或者是人，或者是老虎，总要有一类成为另一类的奴隶。所以在白人统治有色人种的地方，绝不会有任何自由。为了得到最大限度的自由，必须通过教育来培养人们的性格，这样人们才能在不欺压别人的生活中寻求快乐，这是在出生后六年内塑造性格所要做的事情。现在德特福的麦克米伦小姐正在培训能够创造自由社会的儿童，如果她的方法能普及所有儿童，无论是富人家的还是穷人家的，那么只需一代人的时间就足以解决我们当前所遇到的一切社会问题。但是对教育的过分强调常使所有政党忽视教育中最主要的东西。当受教育的孩子们长大以后，欲望只能被约束，不能根本改变。因此，一定要在早期的儿童生活中，教给他们怎样使自己和他人都能获得幸福生活。只要社会上的人都不再企图得到那些只有通过伤害他人才能获得的东西，社会的自由所遇到的障碍就真正消除了。